JACK VANCE

DE DOMEINEN VAN KORYPHON

DE DOMEINEN VAN KORYPHON

JACK VANCE

VERZAMELD WERK **46**

Jack Vance

Uitgegeven door Spatterlight, Amstelveen 2019
Oorspronkelijk verschenen als *The Gray Prince*, Bobbs-Merrill, Indianapolis 1975
Deze vertaling verscheen eerder bij Meulenhoff, Amsterdam 1977

ISBN 978-1-61947-276-1

www.spatterlight.nl

Jack Vance
De domeinen van Koryphon

PROLOOG

HET RUIMTETIJDPERK is dertigduizend jaar oud. De mensen zijn zoe-
kend naar rijkdom en roem van ster naar ster gegaan; het Gaiaanse
Bereik omvat een waarneembare fractie van de Melkweg. Handelsroutes
verweven de ruimte als haarvaten in levend weefsel; duizenden werelden zijn gekoloniseerd, elk verschillend van alle andere. Elk heeft zijn
specifieke invloed op de mensen die er wonen. Nooit is het mensenras
minder homogeen geweest.

De trek naar buiten is allesbehalve gelijkmatig of ordelijk verlopen.
De mensen zijn in golven en stormen gekomen en gegaan, reagerend
op oorlogen, op godsdienstige aansporing, op volslagen raadselachtige
dwangneigingen.

De wereld Koryphon heeft met andere planeten alleen zijn gescha-
keerde bevolking gemeen. In het werelddeel Uaia wonen de Uldra's
op de brede strook langs de zuidkust die de naam de Alouan draagt,
terwijl in het noorden de Windrenners in hun van twee of drie masten
voorziene wagens over de Palgahoogvlakte zeilen. Beide zijn rusteloze
nomadische volkeren; in bijna alle andere opzichten verschillen ze van
elkaar. In het zuiden, aan de overkant van de Persimmonzee, ligt het
equatoriale continent Szintarre met zijn kosmopolitische bevolking
van outkers* die verscheidene orden van sociologische grootte ver-
schilt van zowel Uldra's als Windrenners.

Een tweetal quasi-intelligente rassen beschouwt men als inheems
op Koryphon: de erjins en de morfoten. De Windrenners fokken

---

* Outkers: de algemene term voor toeristen, bezoekers, recente immigranten; in
wezen alle personen behalve Uldra's en Windrenners.

tamme erjins van een bijzonder stevig gebouwde en volgzame soort en bieden deze te koop aan, of misschien trainen zij normale erjins tot deze aan de vereiste kwaliteiten voldoen. De Windrenners doen hier geheimzinnig over, want hun handel levert het geld op voor de wielen, de lagers en het beslag voor hun windwagens. Zekere Uldra's van de Alouan vangen en berijden wilde erjins wier woeste natuur zij in toom houden met elektrische leidsels. Zowel de tamme als de wilde erjins bezitten een telepathisch vermogen waarmee zij met elkaar en een enkele bedreven Windrenner communiceren. Niet verwant aan de erjins zijn de morfoten, een boosaardige, perverse en onvoorspelbare soort die alleen gewaardeerd wordt om zijn bizarre schoonheid. In Olanje op Szintarre zijn de outkers er zelfs toe overgegaan clubs op te richten waarvan de leden bij wijze van tijdverdrijf naar morfoten kijken, een soort van recreatie die des te prikkelender is als men de akelige gewoonten van de wezens in aanmerking neemt.

Tweehonderd jaar geleden landde er een groep vrijbuiters van buiten de planeet op Uaia. Ze verrasten een conclaaf van Uldrase hoofdlieden en namen dezen gevangen, waarna zij het eigendom van zekere stamlanden opeisten; dit gebeurde middels de beruchte Verdragen van Onderwerping. Op deze manier verwierf ieder lid van het gezelschap een uitgestrekt landgoed ter grootte van twintig- tot zestigduizend vierkante mijl. In de loop van de tijd werden deze terreinen de grote 'domeinen' van de Alouan, waarop de 'landbaronnen' en hun afstammelingen een weelderig leven leidden in landhuizen, gebouwd op een schaal die overeenkwam met de omvang van de landerijen.

De stammen die de Verdragen van Onderwerping tekenden, merkten alras dat de invloed op hun leven gering was, en hooguit ten goede werkte. De nieuwe dammen, vijvers en kanalen vormden betrouwbare waterbronnen; stammenoorlogen werden verboden; de klinieken van de domeinen verschaften de bevolking een zekere mate van medische verzorging. Enkele Uldra's bezochten de domeinscholen en werden opgeleid als bedienden, winkeliers en huispersoneel; anderen kozen werk als boerenknecht.

Ondanks dergelijke verbeteringen namen veel Uldra's aanstoot aan hun mindere status. Op een onderbewust niveau vormde de weerzin van de landbaronnen jegens de Uldra-vrouwen een wellicht even grote bron van ergernis. Een zeker aantal gevallen van verkrachting en verleiding zou de baronnen wel kwalijk zijn genomen, maar aanvaard zijn als een onverkwikkelijk doch onvermijdelijk bijverschijnsel van de verovering. Maar hoewel de Uldrase mannen met hun lange, nerveuze gestalte, hun ultramarijn getinte grijze huid en hun adelaarsgezicht in het algemeen knap van uiterlijk waren, kon dit niet gezegd worden van hun vrouwen. De grofgebouwde en dikke meisjes met hun hoofd kaalgeschoren tegen de ravages van ongedierte, misten iedere charme. Als ze rijpten, hielden ze hun zware heupen en korte benen, maar hun romp, armen en gezicht werden langer. De kenmerkende lange Uldrase neus werd een druipende ijspegel; de grijze huid werd moddertroebel; het haar, krioelend van ongedierte of niet, groeide uit tot een zware oranje nimbus. Jegens deze Uldrase meisjes en vrouwen handhaafden de outkerse landbaronnen* een angstvallig correcte onverschilligheid die uiteindelijk in een paradoxale omkering door de Uldra's werd opgevat als een vernedering en een belediging.

Aan de overkant van de Persimmonzee lag in het zuiden het lange, smalle eiland Szintarre met zijn genoeglijke hoofdstad Olanje, een modieus oord voor buitenwerelders. Deze wereldwijze, stadse, welbespraakte mensen hadden weinig gemeen met de landbaronnen, die zij beschouwden als pompeuze frikken, stijlloos en zonder humor of manieren.

In Olanje zetelde in een excentriek oud gebouw dat het Holrudehuis heette, Koryphons enige regeringsorgaan: de Mull, een raad van dertien notabelen. Het handvest van de Mull verklaarde dat hij gezag uitoefende over Szintarre en Uaia, maar in de praktijk vermeed hij iedere bemoeienis met Uaiaanse zaken. De landbaronnen zagen de Mull als een lichaam dat gebeuzel en sofisterijen produceerde; de Verdrags-Uldra's stonden er onverschillig tegenover; de Uldra's van de Oudlanden wezen zelfs de theorie van een centraal gezag van de hand; de Windrenners waren geheel onkundig van het bestaan van de Mull.

---

* Voor het woord *eng'sharatz* (letterlijk: de geëerbiedigde heer van een groot domein) bestaat geen adequaat equivalent. 'Baron' of 'lord' duidt op een officiële aristocratie; een 'landjonker' is de eigenaar van een klein goed; in 'rancher' ligt nadruk op agrarische activiteiten besloten. 'Landbaron' is een onhandige en enigszins gewrongen term maar komt misschien dichter bij de betekenis van *eng'sharatz* dan een andere.

De kosmopolitische bevolking van Olanje hield ten eigen bate een bijna hyperactief intellectualisme in stand. Het gezelligheidsleven nam geen eind; er bestonden comités en verenigingen die bijna iedere speciale belangstellingssfeer bevredigden. Er waren zeilclubs en verschillende kunstenaarsverenigingen, de Morfotenschouwers, de Hussadeclub van Szintarre, de Bibliotheek van Gaiaanse Muziek, een vereniging ter bevordering van het jaarlijkse Pariliafeest, een academie voor de dramatische kunsten, Dionys, de organisatie die gewijd was aan hyperesthesie. Andere groepen waren filantropisch of altruïstisch, zoals de Ecologische Stichting, die de import van anderwereldse flora en fauna verbood, hoe bruikbaar of oogstrelend deze ook waren. De Redemptionistische Alliantie voerde een kruistocht tegen de Verdragen van Onderwerping. Zij bepleitte de opheffing van de domeinen op Uaia en teruggave van het land aan de Verdragsstammen. Het Genootschap voor de Emancipatie van de Erjin, het GEE, beweerde dat de erjins verstandelijk begaafde wezens waren en volgens de wet niet als slaven mochten worden gebruikt. Het GEE was misschien wel de meest controversiële organisatie in Olanje, aangezien er steeds meer erjins van de Palga werden geïmporteerd als huispersoneel, voor agrarisch werk, het ophalen van vuilnis en dergelijke. Andere, minder aan de weg timmerende groeperingen pleitten voor onderwijs en werkverschaffing voor Uldra's die uit Uaia naar Szintarre immigreerden. Deze Uldra's, die in ongeveer gelijke percentages afkomstig waren van Oudlandse en Verdragsstammen, waren meestal gebeten op de landbaronnen. Dikwijls waren hun grieven reëel; dikwijls ook klaagden zij louter uit nurksheid. De redemptionisten brachten soms Uldrase immigranten voor de Mull teneinde dat vaak wijdlopige, oppervlakkige, belerende en wispelturige college tot handelen te bewegen. Met uit lange oefening verworven vaardigheid weerde de Mull zulke bemoeilust af of stelde studiecommissies in, die onveranderlijk rapporteerden dat de Verdragslanden een paradijs van rust en vrede waren vergeleken bij de Oudlanden, waar de onafhankelijke stammen zich uitleefden in vendetta's, razzia's, moordaanslagen, vergelding, wandaden, bloedbaden, wreedheden en hinderlagen. De redemptionisten verklaarden dat zulke overwegingen niet ter zake deden. De Verdragsstammen, zo merkten zij op, waren met geweld en bedrog beroofd van hun voorouderlijke landen. Het bestendigen van zo'n situatie was onduldbaar en het verstrijken van tweehonderd jaar kon een oorspronkelijk verkeerde toestand niet wettigen. De meeste bewoners van Szintarre stonden sympathiek tegenover de leer van de redemptionisten.

HOOFDSTUK I

IN DE FOYER van de ruimtehaven van Olanje namen Schaine Madduc en haar broer Kelse elkaar nieuwsgierig en vol genegenheid op. Schaine had erop gerekend dat Kelse veranderd zou zijn, en ze werd niet teleurgesteld: in vijf jaar was hij dramatisch veranderd. Ze had afscheid genomen van een bedlegerige invalide met een bleke huid en een wanhopend gemoed; nu leek hij sterk en gezond, zij het aan de magere kant. Zijn kunstbeen steunde hem zo goed dat je nauwelijks merkte dat hij mank liep; hij gebruikte zijn linkerarm even behendig als zijn rechter, maar versmaadde gesimuleerd vlees en imitatiehuid en droeg een zwarte handschoen over zijn metalen hand. Hij was langer geworden. Dat had ze wel verwacht, maar niet de manier waarop zijn gezicht veranderd was, dat langer en harder was geworden en een wrange trek had gekregen. Zijn jukbeenderen waren scherper getekend, zijn kaak stak naar voren, zijn ogen waren smal en hij had de gewoonte aangenomen om achterdochtig, behoedzaam, uitdagend opzij te turen; een symbool, dacht Schaine, van wat er werkelijk in Kelse was veranderd. Van een gulle jongen, goed van vertrouwen, was hij deze ernstige man geworden die er tien jaar ouder uitzag dan hij was.

Kelse's gedachten hielden zich met hetzelfde onderwerp bezig. "Je bent anders geworden," zei hij. "Eigenlijk verwachtte ik de opgewekte, uitgelaten, gekke ouwe Schaine terug te zien."

"We zijn allebei anders geworden."

Kelse keek even verachtelijk naar zijn arm en been. "Behoorlijk, ja. Deze zie je voor het eerst."

"Zijn ze makkelijk te gebruiken?"

Hij schokschouderde. "De linkerhand is sterker dan mijn rechter.

Ik kan noten kraken tussen mijn vingers en allerlei boeiende kunstjes doen. Verder ben ik niet zo erg veranderd."

Schaine kon de vraag niet binnenhouden. "Ik dan wel? Zo sterk?"

Kelse keek haar weifelend aan. "Nou ja, je bent vijf jaar ouder. Je bent niet meer zo mager. Goeie kleren heb je aan, je ziet er heel chic uit. Knap was je vroeger ook al, zelfs al als wildebras."

"'Wildebras, wildebras', ja ja!" Schaine sprak zacht van melancholie. Toen ze door het stationsgebouw liepen werd haar geest overstroomd door herinneringen en beelden van vroeger. Het meisje waarover ze spraken was geen vijf, maar vijfhonderd jaar in het verleden. Zij had op een andere wereld gewoond, waar het kwaad en de smart onbekend waren. De waarheden van het leven waren eenvoudig en voor iedereen duidelijk. Het huis Morgenwake was niet meer en niet minder dan het middelpunt van het heelal; allen die er woonden hadden een voorbeschikte rol te vervullen. Uther Madduc was de bron van gezag. Zijn beslissingen, soms welwillend, soms raadselachtig, soms afschuwelijk, waren even definitief als de baan van de zon. In een concentrische baan rond Uther Madduc bewogen zij en Kelse zich; in een minder stabiele baan, soms dichtbij en dan weer veraf, draaide Muffin mee. In het algemeen waren hun rollen ongecompliceerd, behalve weer in het geval van Muffin, wiens status vaak dubbelzinnig was. Schaine was de 'wildebras' geweest maar charmant en knap — dat was buiten kijf — precies zoals Kelse altijd fier was geweest en er goed had uitgezien, en Muffin altijd een waaghals, dapper en monter was geweest. Zulke kenmerken lagen besloten in het bestaan zelf, precies zoals de zon Methuen onveranderlijk roze was en de hemel onveranderlijk ultramarijn. Door de jaren terugkijkend zag Schaine zichzelf tegen de achtergrond van Morgenwake; een meisje van gemiddelde lengte, niet lang en niet klein, slungelig op een innemende manier en taai, alsof ze goed kon zwemmen en hardlopen en klimmen, wat ze inderdaad kon, en nog steeds. Haar huid in de zon was goudgeel van kleur; haar donkere haar een krullende wanorde. Zij was het meisje met de brede zoete mond en het oplettende, verwonderde gezicht alsof ieder nieuw ogenblik een nieuw wonder bracht. Ze had onschuldig bemind en zonder berekening gehaat; ze was levendig geweest, lief met kleine dieren, vlot met vrolijke spotternijen... Nu was ze vijf jaar ouder en vijf jaar wijzer, hoopte ze.

Kelse en Schaine liepen de zachte ochtend van Szintarre in. De lucht rook precies zoals ze zich herinnerde: naar bladeren en bloemen. Uit de donkergroene jubabomen hingen vuurrode bloemtrossen; het zonlicht sijpelde door het gebladerte en spetterde in roze en zwarte patronen op de Kharanotislaan.

"We logeren in het Zeegezicht," zei Kelse. "Vanmiddag is er een feest bij tante Val, zogenaamd om jouw thuiskomst te vieren. We hadden natuurlijk in Mirasol kunnen slapen, maar…" Zijn stem stierf weg. Schaine herinnerde zich dat Kelse nooit erg dol op tante Val was geweest. Hij vroeg: "Zal ik een taxi roepen?"

"Laten we gaan lopen. Alles ziet er zo mooi uit. Ik heb een week opgesloten gezeten in de *Niamatic*." Ze haalde diep adem. "Het is heerlijk om terug te zijn. Ik voel me alsof ik alweer thuis ben."

Kelse bracht een zacht gegrom voort. "Waarom heb je zo lang gewacht?"

"O — om diverse redenen." Schaine maakte een zorgeloos gebaar. "Koppigheid. Eigenzinnigheid. Vader."

"Je bent nog steeds koppig en eigenzinnig — neem ik aan. Vader is nog steeds vader. Als je soms denkt dat hij veranderd is, staat je een schok te wachten."

"Ik koester geen illusies. Iemand moet toegeven, en dat kan ik evengoed als een ander. Vertel me over vader. Wat heeft hij allemaal gedaan?"

Kelse dacht na voor hij antwoordde. Dit was een eigenschap die Schaine zich van vijf jaar geleden niet herinnerde. Kelse's jeugd was maar al te snel voorbijgegaan, vond ze. "Vader is vrijwel hetzelfde gebleven. Sinds jij wegging is het leven wel ingewikkelder geworden, en — je hebt natuurlijk gehoord van de Redemptionistische Alliantie."

"Zal wel. Ik weet er niet veel meer van."

"Het is een genootschap hier in Olanje. Ze willen dat wij de Verdragen van Onderwerping verscheuren en van Uaia vertrekken. Nieuw is het natuurlijk niet, maar nu is het een modieuze zaak geworden en ze hebben een modieuze voorvechter gevonden in de Grijze Prins, zoals hij zich noemt."

" 'De Grijze Prins'? Wie is dat?"

Kelse vertoonde een scheve grijns. "Ach — het is een jonge Uldra, een Garganche, met enige scholing; rad van tong, opvallend en bijzonder levendig. De lieveling van heel Olanje, eerlijk gezegd. Ik twijfel er niet aan dat hij vanmiddag op het feest van tante Val komt."

Ze liepen langs een groot blauwgroen grasveld dat van de laan naar een hoog huis met vijf dakspitsen glooide, dat links en rechts torens had, een gevel van mosterdgele tegels verlucht met platen glanzend zwart skeel: een bouwwerk bedacht als een eclectische gril, maar indrukwekkend door zijn omvang en een zekere achteloze luister. Dit was het Holrudehuis, de zetel van de Mull. Kelse schudde somber zijn hoofd. "Daar zitten de redemptionisten nu de Mull te indoctrineren... ik bedoel het niet letterlijk, ik weet niet of ze op dit ogenblik inderdaad in Holrude zitten. Vader is pessimistisch; hij gelooft dat de Mull binnenkort een edict tegen ons zal uitvaardigen. Ik heb vanochtend een brief van hem gekregen." Hij stak zijn hand in zijn zak. "Nee, hij ligt in het hotel. Vader wacht ons op in Galigong."

Perplex vroeg Schaine: "Waarom daar? Hij kan ons toch net zo goed hier ontmoeten?"

"Hij wil niet naar Olanje. Ik geloof dat hij tante Valtrina wil vermijden, anders nodigt ze hem misschien uit op een feest. Dat deed ze vorig jaar."

"Is dat zo erg? De feesten van tante Val waren altijd leuk. Dat vond ik tenminste."

"Gerd Jemasze gaat met ons mee; we zijn hierheen gevlogen met zijn Apex en hij brengt ons naar Galigong."

Schaine zette een zuur gezicht. Ze had nooit veel opgehad met Gerd Jemasze, die ze knorrig vond.

Twee zuilen flankeerden de ingang van het Zeegezicht. Schaine en Kelse gingen met de rolstoep naar de vestibule. Kelse gaf opdracht Schaine's bagage van de haven te laten komen en daarna wandelden ze het terras aan de oever van de Persimmonzee op, waar ze zich verkwikten met glazen lichtgroen wolkbessensap dat glinsterde van ijskristallen. Schaine zei: "Vertel me eens wat er in Morgenwake zoal gebeurd is."

"Grotendeels doodgewone routinetoestanden. We hebben in het Elfenmeer een nieuw vismengsel uitgezet. Ik ben ten zuiden van de Burrens gaan verkennen en toen heb ik een oude kachemba* gevonden."

---

* Kachemba: een geheime cultusplek van de Uldra's, gewijd aan waarzeggerij en toverij, gewoonlijk in een grot gesitueerd.

"Ben je erin gegaan?"

Kelse schudde van nee. "Van die plekken krijg ik de kouwe kriebels. Ik heb het aan Kurgech verteld; hij zei dat het waarschijnlijk van de Jirwantian was."

"Wie waren dat?"

"Die hebben Morgenwake vijfhonderd jaar in bezit gehad, totdat ze door de Hunge werden uitgeroeid. Toen joegen de Ao's de Hunge weg."

"Hoe gaat het met alle Ao's? Is Zamina nog steeds de matriarch?"

"Ja, ze leeft nog. Vorige week hebben ze hun kamp verhuisd naar het Dode Rattenravijn. Kurgech kwam langs het huis en ik heb hem verteld dat jij thuiskwam. Hij zei dat je op Tanquil in minder ellende verzeild zou raken."

"De ouwe naarling! Wat moest dat betekenen?"

"Ik geloof niet dat hij er iets mee bedoelde. Hij 'proefde de toekomst' gewoon."

Schaine nam een slok van haar bessensap en keek naar de zee. "Kurgech is een charlatan. De toekomst voorzien of het lot doorgronden of met het koude oog kijken of gedachten overbrengen kan hij niet beter dan ik."

"Dat is niet waar. Kurgech heeft verbazende talenten… Ao of niet, hij is vaders beste vriend."

Schaine maakte een sarcastisch geluid. "Vader is een veel te grote tiran om met iemand bevriend te zijn — vooral niet met een Ao."

Kelse schudde triest zijn hoofd. "Je begrijpt hem gewoon niet. Net zomin als vroeger."

"Ik begrijp hem net zo goed als jij."

"Best mogelijk. Je dringt niet makkelijk tot hem door. Kurgech geeft hem precies het soort gezelschap waar hij om vraagt."

Schaine maakte opnieuw een snuivend geluid. "Hij stelt geen eisen, is trouw en kent zijn plaats — net een hond."

"Helemaal mis. Kurgech is een Uldra, vader is een outker. Geen van beiden zou het anders willen."

Met een overdreven gebaar dronk Schaine haar beker uit. "Ik ben in ieder geval niet van plan om met jou of met vader over iets te twisten." Ze stond op. "Laten we naar de rivier lopen. Staat het morfotenhek er nog?"

"Zover ik weet wel. Ik ben hier niet meer geweest sinds jij naar Tanquil vertrok."

"Een melancholieke gebeurtenis die ik net zo lief vergeet. Laten we een twaalfpens duiveljager met driedubbele waaiers en een paars raster zoeken.*"

Honderd meter verder op het strand leidde een pad het binnenland in naar het moeras aan de monding van de Viridiaanrivier. Het liep dood bij een hoog stalen gaashek met een bord:

—— WAARSCHUWING! ——

Morfoten zijn gevaarlijk en sluw! Neem *geen enkel* aanbod van hen in overweging; aanvaard *geen* van hun giften! Morfoten bezoeken dit hek met slechts één enkel doel: het verminken, beledigen of bang maken van de Gaianen die hen komen bekijken.

HOED U!

Morfoten hebben talrijke personen verwond; zij kunnen *U* doden.

TOCH IS MOEDWILLIG MOLESTEREN VAN DE MORFOTEN TEN STRENGSTE VERBODEN.

Kelse zei: "Een maand geleden kwam er een stel toeristen van Alcide naar de morfoten kijken. Terwijl de moeder en de vader grappen maakten met een prachtige roodgeringde fleskop bij het hek, bond een andere een vlinder aan een draadje en lokte hun kind van drie mee. Toen pa en ma omkeken, was de baby verdwenen."

"Weerzinwekkende beesten. Het schouwen zou aan banden moeten worden gelegd."

"Ik geloof dat de Mull daar plannen voor maakt."

Na tien minuten waren er nog geen morfoten uit het moeras gekomen

---

* Het schouwen van morfoten is een sport die zich op verscheidene niveaus afspeelt. De morfoten prikkelen hun lichaam tot allerhande uitwassen — stekels, webben, pennen, waaiers, vorken — om zich tot voorwerpen van magnifieke fantasie te maken. Morfotenschouwers hebben een gecompliceerde nomenclatuur bedacht om de elementen van hun sport af te bakenen.

om huiveringwekkende voorstellen te doen. Schaine en Kelse gingen terug naar het hotel, daalden af naar het onderzeese restaurant waar ze een lunch namen van kreeftragout, peperpeulen en wilde uien, een salade van gekoelde waterkers en plat brood van het meel van wilde bruine ferris. Ze waren omringd door lichtend blauwgroen water; bijna onder handbereik zwom, stond of dreef de flora en fauna van de Persimmonzee. Witte palingen en elektrisch blauwe schaarvissen die door de bossen wier schoten; scholen bloedrode vonkvissen, groene slangen, twinkelende en flitsende gele kwetters die soms in myriaden door elkaar weefden in een pointillistische verwarring waaruit ze ten slotte weer in hun eerdere positie verschenen. Driemaal kwamen paars met zilveren spangs, drie meter lang en bezaaid met stekels, weerhaken, klauwen en slagtanden in het glas bijten in een poging om een van de in het schemerlicht etende gasten te grijpen, en eenmaal gleed de vreeswekkende massa van een zwarte matador voorbij het glas. Een keer doemde er in de verte de schokkend zwemmende gedaante van een morfoot op.

Een man die twee of drie jaar ouder was dan Kelse kwam naar de tafel toe. "Hallo, Schaine."

"Hallo, Gerd," begroette Schaine hem koel. Haar hele leven had ze een hekel aan Gerd Jemasze gehad. Waarom, dat had ze nooit helemaal duidelijk kunnen bepalen. Hij gedroeg zich gereserveerd, was altijd even beleefd, hij zag er niet opvallend uit; hij had ronde jukbeenderen, vlakke wangen, dik zwart haar en een laag, breed voorhoofd. In Olanje, waar iedereen uitbundige en overdreven kleren droeg, leek zijn kledij — donkergrijze bloes en blauwe broek — bijna ostentatief puriteins. Opeens begreep Schaine waarom hij haar tegenstond: alle eigenzinnigheden en vlotte kleine ondeugden die de charme van al haar kennissen uitmaakten, miste hij totaal. Hij was niet bijzonder fors of zwaar gebouwd, maar als hij zich bewoog spanden zijn kleren zich strak om zijn spieren en op precies zo'n manier, vond Schaine, verborg zijn uiterlijk een aangeboren arrogantie. Ze wist wel waarom haar vader en Kelse hem zo aardig vonden: hij overtrof beiden in starheid en onverzettelijkheid en onwil om iets te veranderen; zijn opinies, eenmaal gevormd, leken wel uit steen gehouwen.

Jemasze ging aan hun tafel zitten. Schaine vroeg braaf: "En hoe staat het leven op Suaniset?"

"Heel rustig."

"Op de domeinen gebeurt nooit iets," zei Kelse. Schaine keek van de een naar de ander. "Jullie twee plagen me."

Jemasze glimlachte flauw. "Niet helemaal. Als er iets gebeurt, is er meestal niemand die het ziet."

"En wat gebeurt er dan?"

"Ach — wittols* uit de Oudlanden sluipen door de domeinen en kletsen over een verbond van alle Uldra's onder aanvoering van de Grijze Prins, vermoedelijk om ons de zee in te jagen. Er zijn een heleboel aanvallen van luchthaaien† op het verkeer geweest — vorige week nog is Ariel Farlock van Carmione neergeschoten."

"Er hangt inderdaad een vreemde sfeer over Uaia," zei Kelse somber. "Iedereen voelt het."

"Zelfs vader," zei Schaine, "die zich amuseert met zijn geweldige grap. Heb je enig idee wat hij nu zo grappig vindt?"

"Ik weet niet eens waar je het over hebt," zei Gerd Jemasze.

"Ik heb een brief van vader gehad," legde Kelse uit. "Ik heb je verteld dat hij naar de Palga was gegaan. Nou, de reis schijnt zijn verwachtingen te hebben overtroffen." Kelse pakte de brief en las: "'Ik heb een paar verrassende avonturen beleefd en ik moet je een prachtig verhaal vertellen, een bijzondere mop, een wonderbaarlijke en buitengewone grap die me tien jaar extra heeft gegeven.'" Kelse sloeg een regel of twee over. "Dan zegt hij: 'Ik wacht jullie op in Galigong. Ik durf niet naar Olanje te komen, want dat zou betekenen dat ik weer een van

---

* Wittols: één op de duizend Uldra's wordt geboren als albino-eunuch met een gedrongen gestalte en een rond hoofd. Dit zijn de wittols, die met een mengsel van weerzin, verachting en bijgelovig ontzag worden behandeld. Men schrijft hen vaardigheid in kleine magie en hekserij toe; soms handelen ze in toverspreuken, vervloekingen en magische drankjes. Belangrijke magie blijft voorbehouden aan de stamtovenaars. De wittols begraven de doden, martelen gevangenen en fungeren als afgezanten tussen de stammen. Ze verplaatsen zich veilig over de Alouan aangezien geen enkele Uldrase krijger zich verwaardigt om een wittol te doden, of dat aandurft.

† Luchthaai: een primitief eenmansvliegtuig, weinig meer dan een vliegende plank voorzien van een kanon of ander wapen, door Uldra-edelen gebruikt voor aanvallen op vijandelijke stammen of duels.

Valtrina's afschuwelijke feesten zou moeten doorstaan, compleet met alle kruipende intriganten, logicaverkrachters, estheten, ophakkers, sybarieten en strooplikkers van Szintarre. Laat Gerd vooral meekomen naar Morgenwake. Hij zal de situatie even goed weten te waarderen als jij. Zeg Schaine hoe enorm plezierig ik het vind haar weer thuis te hebben...' Hij gaat nog door, maar hier komt het wel op neer."

"Heel mysterieus," zei Gerd.

"Ja, dat vind ik ook. Wat heeft de Palga te bieden dat vader er zo vrolijk van wordt? Hij staat niet bekend om zijn gevoel voor humor."

"Morgen horen we het wel," zei Gerd terwijl hij opstond. "Als jullie me willen verontschuldigen, ik moet nog een paar boodschappen doen." Nogal plichtmatig boog hij voor Schaine.

"Kom je naar het feest bij tante Valtrina?" vroeg Kelse.

Gerd schudde zijn hoofd. "Ik ben niet zo verzot op dergelijke evenementen."

"Ach, ga toch mee," zei Kelse. "Misschien krijg je de kans om de Grijze Prins te ontmoeten — en andere plaatselijke notabelen."

Gerd dacht erover na, alsof Kelse een diepzinnige en gecompliceerde waarheid had geponeerd. "Goed. Ik kom. Waar en wanneer?"

"Om vier uur in villa Mirasol."

HOOFDSTUK II

DE STRAAT DIE van de Kharanotislaan naar villa Mirasol voerde, slingerde heen en weer over de helling van de Panoramaberg, overhangen door gonaive, inheemse djatibomen, langtang en foelie. Na een poort cirkelde de weg om een breed gazon en eindigde voor de villa. Dit was een sierlijke constructie van glas, gedraaide zuilen, witte muren, een dak met talrijke hoeken en verschillende niveaus, een luchtig en vlot ontwerp in de geest van decadente rococo.

Valtrina Darabesq, oudtante van moederszijde van Schaine en Kelse, verwelkomde hen met een hartelijk en onpersoonlijk enthousiasme dat daarom niet minder oprecht was. Schaine had zich altijd verwonderd over haar energie en opvallende hang naar gezelligheid; Kelse vond haar een beetje al te chic, hoewel hij haar goedhartige en royale manier van doen wel moest waarderen. Beiden rekenden er al op dat hun tante zou aandringen dat ze naar Mirasol verhuisden en een week, twee weken, een maand bleven.

"Ik heb jullie al zo lang niet gezien! Schaine, hoelang geleden is het alweer — hoeveel jaren?"

"Vijf."

"Zoveel al? Wat vliegt de tijd! Ik heb nooit goed begrepen waarom je zo nodig naar Tanquil moest. Je vader is natuurlijk een dinosaurus, maar het is toch een lieverd, al weigert hij hardnekkig om naar Olanje te komen. Waar moet hij zich in Uaia mee amuseren? Een wildernis is het, een afschuwelijke leegte!"

"Kom, kom, tante Val, zo erg is het niet! Uaia is juist een en al magnifiek landschapsschoon."

"Dat kan wel zijn, maar waarom Uther en de anderen met alle

geweld ergens ver weg moeten wonen waar ze niet welkom zijn, zal ik nooit begrijpen. Morgenwake is net een fort op de grens."

"U moet ons toch eens een keer komen bezoeken," zei Kelse.

Valtrina schudde beslist haar hoofd. "Sinds ik een meisje was ben ik niet meer naar Morgenwake gegaan. Jullie grootvader Norius was een heer en hij had stijl, al was hij dan landbaron. Hij gaf een paar maal een feest — nogal bedompte gebeurtenissen, om helemaal eerlijk te zijn, en hij organiseerde een picknick voor ons bij een immense rode rots-pilaar — hoe heette die ook weer..."

"De Skaw."

"Ja, de Skaw. En toen de stamleden daarlangs kwamen en keken naar ons, de vreemden die hun land hadden bezet, toen werd ik bang en benauwd, ondanks alle ruimte. Het was net of we belegerd werden!"

"Onze Ao's geven nooit problemen," zei Kelse geduldig. "Wij helpen hen en zij helpen ons. Geen van beiden heeft iets tegen de ander."

Valtrina schudde glimlachend haar hoofd. "Mijn beste jongen, je kunt onmogelijk raden wat er in het hoofd van een Uldra omgaat. Allicht hebben ze iets tegen jullie aanwezigheid, ook al houden ze hun gezicht in de plooi als je naar ze kijkt. Ik kan het weten, want ik heb Uldrase vrienden! Maar ik moet jou niet de les lezen, je bent nog maar een jongen. Kom mee, jullie, dan stel ik je aan mijn gasten voor. Of wandelen jullie liever wat rond?"

"Wij wandelen liever," zei Kelse.

"Wat je wilt. Alger zorgt voor drankjes. Kelse, schiet alsjeblieft mijn erjins niet dood; ze heten Sim en Slim en ze zijn ontzettend duur. Later op de avond moeten we eens goed met elkaar praten." Valtrina liep weg om een nieuwe groep gasten te verwelkomen; Kelse nam Schaine bij haar arm en bracht haar naar het buffet waar Alger, de hofmeester, voor verfrissingen zorgde met behulp van formules die ouder waren dan mensenheugenis. Kelse en zijn zuster vroegen een beker punch en keken toen om zich heen om zich te oriënteren. Schaine zag niemand die ze kende. Er waren een stuk of zes Uldra's, lange, magere rabauwen met lange neuzen wier leigrijze huid ultramarijn was geverfd terwijl hun roestkleurige haarbossen opgeborgen waren binnen de hoge pen-nen van een haarband.

Kelse mompelde tegen Schaine: "Het kan niet missen, tante Val doet met de mode mee. In Olanje is geen feest compleet zonder een Uldra of twee."

Schaine antwoordde: "Waarom zouden Uldra's niet op feesten mogen worden uitgenodigd? Het zijn toch mensen."

"Bij benadering. Hun weldewiste* is onverenigbaar met de onze. Ze zijn een heel eind afgedreven op de ijsschots van de evolutie."

Schaine zuchtte en inspecteerde de Uldra's. "Is de Grijze Prins erbij?"

"Nee."

Valtrina kwam naar hen toe met een knappe man van middelbare rijpheid, een zichtbaar gedistingeerd heer. Hij droeg een donkergrijs pak met borduursel van lichtgrijze arabesken. "Erris, dit zijn mijn neef en nicht Kelse en Schaine Madduc. Schaine is net terug van Tanquil, waar ze op school is geweest. Schaine, Kelse, dit is Erris Sammatzen, die lid is van de Mull: een heel gewichtig man dus." Met een zweem van boosaardigheid voegde ze eraan toe: "Schaine en Kelse wonen op domein Morgenwake in de Alouan, en zij beweren dat dat het enige bewoonbare gebied van Koryphon is."

"Misschien weten zij meer dan wij."

Schaine vroeg: "Bent u geboren in Olanje, Dm.† Sammatzen?"

"Nee, ik ben een outker zoals bijna iedereen. Ik ben hier twaalf jaar geleden gekomen om uit te rusten, maar wie kan er uitrusten als Valtrina en nog een stuk of tien mensen zoals zij mij beslist wakker willen houden? Dit is de levendigste intellectuele gemeenschap die ik ooit heb gekend. Het is echt verschrikkelijk afmattend."

---

* Weldewiste: een woord uit het lexicon van de sociale antropologie dat een gecompliceerd idee uitdrukt, omvattende de houding waarmee een individu zijn omgeving tegemoet treedt; zijn interpretatie van de gebeurtenissen van zijn leven; zijn kosmisch bewustzijn; zijn karakter en persoonlijkheid vanuit het gezichtspunt van de vergelijkende cultuur.

† De twee vaakst voorkomende aanspreektitels in het Gaiaanse Bereik zijn Dm., afkorting van Domine, te gebruiken voor alle personen met een voortreffelijke of verheven status, en Vv., een samentrekking van Visfer (oorspronkelijk Viasvar, een Ordinarius van het oude Legioen der Waarheid), destijds een welgesteld heer, en ten slotte algemeen in zwang geraakt als titel voor mannelijke personen.

Valtrina wenkte een lange vrouw met blonde krullen. Haar te grove gelaatstrekken waren met cosmetica aangedikt tot een clownsmasker. Schaine vroeg zich af of zij de wereld of zichzelf bespotte. Met haar meest schorre altstem zei Valtrina: "Dit is Glinth Isbane, een van onze beroemdheden. Ze heeft drie morfoten desisto leren spelen en allerhande vreemde buit gewonnen. Zij is secretaresse van het GVS en veel diepzinniger dan ze zich graag voordoet.

"Wat is het GVS?" vroeg Schaine. "Ik ben net terug op Koryphon."

"GVS betekent Genootschap voor een Vrij Szintarre."

Schaine lachte ongelovig. "Is Szintarre nu dan niet vrij?"

"Niet helemaal," zei Glinth Isbane koel. "Niemand wil andermans arbeid of leed uitbuiten ten eigen bate — of eigenlijk moet ik zeggen dat niemand wil toegeven dat hij dat wil — maar iedereen weet dat dit vaak wél gebeurt. Daarom hebben de werkers gilden gevormd om zich te beschermen. En wie oefent er nu meer macht uit dan de directeur van de Verenigde Gilden? Ik hoef u niet te herinneren aan de wandaden uit deze bron. Het GVS heeft daarom een organisatie opgericht waarvan wij hopen dat hij een exact tegenwicht zal vormen tegen de uitwassen van de gilden."

Een nieuwkomer had zich bij de groep gevoegd: een lange jongeman met argeloze grijze ogen, zacht blond haar en een vriendelijk, half humoristisch gezicht dat Schaine meteen beviel. Hij zei: "Beide groepen — het GVS en de Verenigde Gilden — steunen mijn organisatie. Dus moeten ze allebei degelijk zijn en zijn jullie conflicten muggenzifterij."

Glinth Isbane lachte. "Beide groepen steunen het GEE, maar om heel verschillende redenen. De fatsoenlijke redenen vindt men bij ons."

Schaine zei tegen Valtrina: "Al die organisaties brengen me in de war. Wat is het GEE nu weer?"

In plaats van het uit te leggen trok Valtrina de blonde jongeman naar voren. "Elvo, je moet kennis maken met mijn charmante nicht, die net gearriveerd is van Tanquil."

"Met het grootste genoegen."

"Schaine Madduc; Elvo Glissam. Zo, Elvo, leg eens uit wat het GEE wil, maar heb het hart niet om mij en mijn dure lakeien ter sprake te brengen, anders laat ik je door hen op straat gooien."

"Het GEE is het Genootschap voor de Emancipatie van de Erjins," zei Elvo Glissam. "Denk niet dat wij een sentimenteel stelletje huilbuien zijn; wij bestrijden werkelijk een ernstig onrecht en wel de slavernij van verstandelijke wezens. Valtrina, met haar erjin-bedienden, is een van onze doelwitten, en we krijgen haar nog wel achter de tralies. Tenzij zij blijk geeft van wroeging en haar slaven vrijlaat."

"Ha! Eerst moet je twee dingen bewijzen — nee, drie. Bewijs mij dat Sim en Slim intelligente wezens zijn en geen personeelsdieren. Bewijs dan dat ze liever geëmancipeerd zouden zijn. En bezorg me dan twee andere bedienden die even gedwee, stijlvol en betrouwbaar zijn als mijn zwarte en mosterdkleurige schoonheden. Ik ben van plan er nog drie of vier te kopen en ze op te leiden tot tuinlieden."

Een van de erjin-lakeien was juist binnengekomen. Hij duwde een dienwagentje voor zich uit. Over haar schouder kijkend deinsde Schaine terug. "Jagen ze je geen angst aan? De stier die Kelse half heeft opgegeten was niet veel groter, of precies even groot."

"Als ik het voor het zeggen had," zei Kelse, "zou ik ze allemaal dood-schieten."

Glinth Isbane's stem werd scherp. "Als ze intelligent zijn, is het moord. Zijn ze het niet, dan is het wreedheid."

Kelse haalde zijn schouders op. Een paar minuten daarvoor was Gerd Jemasze op het toneel verschenen. Nu zei hij: "Wij zijn bang voor onze erjins; u niet. Ik zie trouwens helemaal geen genootschappen die bepleiten dat de Uldra's hun erjin-rijdieren wordt afgenomen."

"Waarom organiseer je er niet een?" snauwde Glinth Isbane.

Erris Sammatzen grinnikte. "Wat de erjins en Vv. Glissams GEE betreft, de arbeidsgilden maken zich begrijpelijkerwijs zorgen. De erjins betekenen goedkope arbeid. Vv. Glissam laat zich vermoedelijk door andere overwegingen leiden."

"Uiteraard. Het Gaiaanse handvest verbiedt slavernij, en de erjins zijn slaven: hier in Olanje worden ze goed behandeld, in Uaia niet zo goed. En de Windrenners, die iedereen negeert, zijn slavenhalers zonder meer."

"Of dierentemmers — als ze de erjins als niets anders dan slimme dieren zien."

Schaine zei: "Ik begrijp niet hoe erjins getemd kunnen worden; eigenlijk geloof ik het niet. Erjins zijn woest; ze haten mensen!"

"Sim en Slim zijn heel volgzaam," zei Valtrina. "Hoe en waarom, daar heb ik ook geen benul van."

Sim de erjin-lakei liep weer langs, schitterend uitgedost in livrei. Toen ze in de ondoorgrondelijke oranje blik van de zwarte optische pluimen keek, kreeg Schaine de onbehaaglijke indruk dat het wezen alles begreep wat er voorviel. "Misschien laten ze zich liever niet castreren of veranderen of hersenspoelen, of wat de Windrenners ook met ze doen."

"Vraag het hem," zei Valtrina vriendelijk.

"Ik weet niet hoe."

Valtrina's stem werd koninklijk en zorgeloos. "Dus waarom zou je je zorgen maken? Ze kunnen weggaan wanneer ze maar willen. Ze lopen hier niet aan de ketting. Weet je waarom ze hier werken? Omdat ze villa Mirasol verkiezen boven de woestijnen van Uaia. Niemand klaagt erover behalve de Vereniging van Arbeidsgilden, die hun absurde looneisen gevaar zien lopen." Valtrina maakte een vorstelijk gebaar met haar hoofd en schreed naar de overkant van de kamer waar twee Uldra's de kern van een ander groepje vormden.

Gerd Jemasze zei tegen niemand in het bijzonder: "Ik zal niet zeggen dat al dit gepraat tijdverspilling is, want de mensen schijnen ervan te genieten."

Met een kille stem zei Glinth Isbane: "Woorden zijn de dragers van ideeën. Ideeën zijn de onderdelen van het verstandelijke proces, dat de mensen van de dieren onderscheidt. Als u bezwaar heeft tegen de uitwisseling van ideeën, dan wijst u in wezen de beschaving af."

Jemasze grijnsde. "Niet zo'n slecht idee als u misschien denkt."

Glinth Isbane verdween naar Valtrina. Jemasze en Kelse drentelden naar het buffet waar Alger hen bediende. Schaine ging twee Uldrase lampen inspecteren die uit blokken rode hoornsteen waren gesneden in de kenmerkende, roekeloos asymmetrische Uldrase stijl. Elvo Glissam voegde zich bij haar. "Bevallen deze lampen u?"

"Ze zijn interessant om naar te kijken," zei Schaine. "Ik zou ze niet willen hebben."

"O nee? Ze lijken mij heel chic en avontuurlijk."

Schaine knikte stug. "Het zal wel een overgebleven vooroordeel uit mijn jeugd zijn, toen alles van de Uldra's voor grillig en onordelijk en wild doorging. Ik begrijp nu dat de Uldra's eenvormigheid slaafs vinden; ze drukken hun individualiteit in grilligheid uit."

"Misschien proberen ze regelmaat te suggereren door iets anders aan te bieden: een heel verfijnde techniek."

Schaine tuitte haar lippen. "Zouden Uldra's zo methodisch redeneren? Ze zijn ontzettend trots en weerspannig, vooral de Oudlanders en ik vermoed dat hun kunst dit weerspiegelt. Het is net of de maker van de lampen zegt: 'Zo verkies ik deze lamp te maken; dit is mijn gril; als je het niet mooi vindt moet je je licht maar ergens anders vandaan halen.'"

"Dat is zeker het effect ervan. Op zijn best magnifiek; in het ergste geval een soort schrille tegendraadsheid."

"En dat is een goede omschrijving van het temperament van de Uldra."

Elvo Glissam keek naar de Uldra's in de kamer. Schaine bestudeerde hem uit haar ooghoek. Ze kwam tot de conclusie dat ze hem wel mocht; hij leek vriendelijk, bezat gevoel voor humor en was scherpzinnig. Bovendien was hij prettig om naar te kijken, met zijn zachte blonde haar en plezierige, regelmatige gelaatstrekken. Hij was een paar centimeter langer dan de norm; hij leek atletisch op een vlotte manier. Toen hij merkte dat ze hem opnam, reageerde hij met een schuchtere glimlach. Schaine zei nogal haastig: "Bent u niet in Szintarre geboren?"

"Ik kom uit Jennet op Diamantha. Een saaie stad op een vervelende wereld waar niets gebeurt. Mijn vader geeft een farmaceutisch tijdschrift uit en op dit moment zou ik waarschijnlijk een artikel over de nieuwste voetpoeders zitten schrijven als mijn grootvader me voor mijn verjaardag geen lot had gegeven."

"Is er een prijs op gevallen?"

"Honderdduizend SAE*."

"Wat heeft u ermee gedaan?"

Elvo Glissam maakte een achteloos, of misschien bescheiden

---

* SAE: Standaard Arbeidswaarde-Eenheid, de monetaire eenheid van het Gaiaanse Bereik, gedefinieerd als de waarde van een uur ongeschoolde arbeid onder standaardomstandigheden. Deze eenheid heeft alle andere monetaire grondslagen vervangen, aangezien hij afgeleid is van het enkele onveranderlijke artikel van het menselijk heelal: arbeid.

gebaar. "Niets bijzonders. Ik heb de schulden van de familie afbetaald, een Wolkhopper voor mijn zuster gekocht en de rest belegd. En nu ben ik hier, en ik leef van een bescheiden maar toereikend inkomen."

"En wat doet u verder nog behalve gewoon leven?"

"Ach, ik ben met een paar dingen bezig. Ik werk voor het GEE, zoals u weet, en ik leg een verzameling van Uldrase strijdliederen aan. Het zijn geboren muzikanten en ze maken de meest fantastische liederen, die niet half zoveel aandacht krijgen als ze verdienen."

"Ik ben opgegroeid met die liederen van ze," zei Schaine. "Ik zou nu best een paar bloedstollers kunnen zingen, als ik in de stemming was."

"Een andere keer maar."

Schaine lachte. "Ik snak er zelden naar mijn vijanden te verbranden, een voor een, 'met zesduizend vuren en zesduizend pijnscheuten'."

"Tussen haakjes, ze beweren dat de Grijze Prins hier vanavond zou komen."

"Is dat niet die messias van de Uldra's, of hun volksmenner, of zoiets speciaals?"

"Dat wordt verteld. Hij bepleit wat hij 'Pan-Uldra' noemt — een verbond van de Oudlanderstammen, die daarna de Verdragsstammen absorberen en uiteindelijk de landbaronnen van Uaia zullen verdrijven. Hier wordt hij gesponsord door de redemptionisten, ofwel bijna iedereen in Szintarre."

"Waaronder u?"

"Tja — ik geef het niet graag toe tegenover de dochter van een landbaron."

Schaine zuchtte even. "Ik vind het niet erg, hoor. Ik ga weer op Morgenwake wonen, en ik heb me vast voorgenomen geen ruzie met mijn vader te maken."

"Begeef je je nu niet in een heel onplezierige situatie? Ik voel aan dat je een zeker besef van rechtvaardigheid en eerlijk spel hebt —"

"Met andere woorden dat ik een redemptionist ben? Ik weet niet wat ik daarop zeggen moet. Morgenwake is mijn thuis, met dat geloof ben ik opgevoed. Maar als ik inderdaad het recht niet had om daar te wonen, zou ik het dan nog willen houden? Eerlijk gezegd ben ik blij dat mijn mening totaal geen gewicht in de schaal legt, zodat ik kan genieten van mijn thuiskomst zonder gewetenswroeging te krijgen."

Glissam moest lachen. "Je bent heel eerlijk. In jouw plaats zou ik er misschien net zo over denken. Kelse is je broer? Wie is die donkere kerel met buikpijn?"

"Dat is Gerd Jemasze van Suaniset, het domein naast ons in het oosten. Hij is altijd hooghartig en zwaarmoedig geweest, zolang ik me kan herinneren."

"Ik geloof dat iemand — Valtrina, denk ik — zei dat Kelse aangevallen is door een erjin."

"Ja. Het was gewoon afschuwelijk, en ik ben nog altijd doodsbang voor erjins. Ik kan maar niet geloven dat die enorme dieren tam zijn."

"Er bestaan allerlei verschillende soorten mensen; misschien zijn er ook verschillende soorten erjins."

"Ja... Als ik die verschrikkelijke muilen en armen zie, moet ik altijd aan arme kleine Kelse denken, helemaal afgekloven en verscheurd."

"Een wonder dat hij nog leeft."

"Hij zou gestorven zijn als een Uldra-jongen die wij Muffin noemden er niet was geweest. Die kwam met een pistool en schoot de erjin z'n kop af. Arme Kelse. En arme Muffin, trouwens."

"Wat is er met Muffin gebeurd?"

"Dat is een lang en akelig verhaal. Ik wil er niet over praten."

Een ogenblik zwegen ze. Toen zei Elvo: "Laten we het terras op gaan en naar de zee kijken — waar je morgen over vliegt."

Schaine vond dit wel een aardig idee. Het tweetal liep de warme nacht in. Door het campanderloof vormden de verspreide lampen van Olanje een langgerekte, onregelmatige halvemaan; aan de hemel schitterden de sterren van het Gaiaanse Bereik, waarvan er veel voor de omringende bewoonde werelden een extra glans leken te hebben.*

Elvo Glissam zei: "Een uur geleden was je nog niet eens een naam, en nu ben jij Schaine Madduc en het zal me spijten als je weggaat. Weet je zeker dat je liever in Uaia woont dan in Olanje?"

---

* Op de planeten van het Gaiaanse Bereik en de Alastorgroep, vooral die met een plattelandsbevolking, is een nieuw beroep ontstaan: de man die bedreven is in het benoemen van de sterren en er kennis over bezit. Tegen betaling vrolijkt hij nachtelijke bijeenkomsten op met zijn verhalen, wonderen en beschrijvingen van de werelden die cirkelen rond de sterren welke de aanwezigen aan de hemel kunnen zien.

"Ik kan nauwelijks wachten tot ik naar huis ga."

"Is het er niet naargeestig en saai en deprimerend?"

"Natuurlijk niet! Waar haal je die onzin vandaan? Uaia is luisterrijk! De hemel is zo weids, de horizon zo ver dat de bergen, de dalen en de bossen en de meren in het landschap verdwijnen. Alles zwemt in licht en lucht; ik kan het effect niet beschrijven, behalve dat Uaia iets met je ziel doet. Ik heb Morgenwake de afgelopen vijf jaar verschrikkelijk gemist."

"Je weet het interessant te laten klinken."

"O, dat is het ook, maar het is geen zacht land. Uaia is vaak wreed — vaker wel dan niet. Als je de wilde erjins ons vee zag doden, zou je misschien niet meer zo pro-erjin zijn."

"Zie je wel? je begrijpt me helemaal verkeerd! Ik ben niet pro-erjin. Ik ben anti-slavernij, en de erjins zijn slaven."

"De wilde niet! Wáren ze dat maar."

Glissam haalde onverschillig zijn schouders op. "Ik heb nog nooit een wilde erjin gezien, en dat zal wel niet gebeuren ook. In Szintarre zijn ze uitgestorven."

"Kom dan naar Morgenwake, dan kun je er net zoveel bekijken als je wilt."

Glissam zei nogal weemoedig: "Ik zou je uitnodiging aanvaarden als ik dacht dat je het ernstig meende."

Schaine aarzelde maar heel even, ofschoon ze het niet precies zo bedoeld had als hij dacht. "Ja, ik meen het ernstig."

"En wat denkt Kelse ervan? Of je vader?"

"Waarom zouden zij bezwaar hebben? Op Morgenwake zijn gasten altijd welkom."

Glissam dacht na. "Wanneer ga je?"

"Morgenochtend vroeg. We vliegen met Gerd Jemasze naar Galigong, aan de rand van de Oudlanden; daar ontmoeten we mijn vader. Morgen tegen de avond zijn we op Morgenwake."

"Misschien vindt je broer me vrijpostig."

"Welnee! Waarom zou hij?"

"Goed dan. Ik ga bijzonder graag mee. Ik vind het echt heel opwindend." Hij rechtte zijn schouders. "Dan moet ik nu weg om te pakken en een paar afspraken te verzetten. En morgenochtend ben ik bij je hotel."

Schaine stak haar hand uit. "Tot ziens dan."

Glissam boog zich voorover en kuste haar vingers. "Goedenacht." Hij liep de kamer in. Schaine zag hem na met een flauwe glimlach om haar mond en een zacht, warm gevoel in haar keel.

Ze verliet het terras en dwaalde de kamers door tot ze in Valtrina's 'kachemba' kwam, zo genoemd naar de heilige plaatsen van de Uldra's, waar ze Kelse en Gerd vond die discussieerden over de authenticiteit van Valtrina's antieke fetisjen.

Kelse pakte een lastermasker* en hield het voor zijn gezicht. "Ik ruik gabbhoutrook en er zit zo te zien een veeg dilf bij de neusgaten."

Schaine grinnikte. "Ik vraag me af hoeveel maskers in hoeveel kachemba's op jullie twee lijken."

"Er zullen er genoeg zijn," zei Gerd. "Onze Faz zijn niet zo handelbaar als jullie Ao's. Vorig jaar keek ik op de Kaneelmark in een kachemba en ja hoor, ze hadden Suaniset nagebootst."

"En de maskers?"

"Twee maar: mijn vader en ik. Dat van mijn vader droeg een rode pet. Opdracht voltooid."

Twee jaar geleden had Kelse haar in een brief over de dood van Palo Jemasze verteld. Gerds vader was vermoord door een Uldra op een luchthaai.

"En in dit geval vloog de beschermgeest op een luchthaai," merkte Kelse op.

Jemasze knikte kort. "Een of twee keer per week ga ik met mijn Dacy omhoog om te jagen. Maar tot dusver zonder succes."

Schaine besloot op een ander onderwerp over te stappen. "Kelse, ik heb Elvo Glissam uitgenodigd om mee te gaan."

"Elvo Glissam? Is dat de voorvechter van het GEE?"

"Ja. Hij heeft nog nooit een wilde erjin gezien. Ik heb hem gezegd dat wij er een voor hem zouden zoeken. Vind je het vervelend?"

---

* Lastermaskers: de tovenaars van de Uldra's dossen zich uit met een masker van gebakken klei in de gelijkenis van hun vijand, met alle uitrustingstukken van deze die ze te pakken kunnen krijgen, samen met zijn kastelinten; vervolgens gaan ze naar de kachemba of heilige tempel die voor de stam van de vijand bedoeld is en daar lasteren zij de beschermgeesten van deze stam, in de verwachting dat de beschermgeesten wraak zullen nemen op de uitgebeelde persoon.

"Waarom zou ik? Hij lijkt me heel fatsoenlijk."

Gedrieën keerden ze terug naar de grote salon. Aan de overkant van de kamer zag Schaine een lange jonge Uldra in de gewaden van een opperhoofd van de Alouan, maar zijn kledij was niet rood of roze maar effen grijs. Hij was opvallend knap, zijn huid was zeeblauw en hij had zijn haar glinsterend wit gebleekt. Schaine staarde er geschrokken en verwonderd naar. Toen keek ze Kelse met grote ogen aan. "Wat doet hij hier?"

"Dat is de Grijze Prins," zei Kelse. "Je ziet hem overal in Olanje."

"Maar hoe — waarom —"

"Op de een of andere manier," zei Kelse, "is hij zich geroepen gaan voelen om de verlosser van zijn ras te worden."

Gerd Jemasze maakte een snuivend geluid van vermaak en Schaine werd razend op de twee. Gerd was een geboren lomperik; Kelse was al even zuur en stijfhoofdig als zijn vader geworden…Ze nam zichzelf weer in de hand. Tenslotte had Kelse zijn hand en been verloren. Haar eigen verlies — als het die naam waardig was — was maar nietig…Toen de Grijze Prins de kamer overzag, kreeg hij Schaine in het oog. Zijn hoofd schoot naar voren, schokte toen achteruit van blije verrassing. Hij beende de kamer door en bleef voor Schaine staan.

Kelse zei verveeld: "Hallo, Muffin. Wat voert je hierheen?"

Lachend gooide de Grijze Prins het hoofd in de nek. "Geen ge-Muffin meer! Ik moet rekening houden met mijn imago." Een spoor van een Uldraas accent gaf zijn stem een uitgelaten, dringende klank. "Voor de vrienden uit mijn jeugd ben ik 'Jorjol', of als jullie vormelijk willen zijn: 'Prins Jorjol'."

"Ik geloof nauwelijks dat wij vormelijk zullen willen zijn," zei Kelse. "Gerd Jemasze van Suaniset zul je nog wel kennen."

"Ik herinner me hem nog heel duidelijk." Jorjol pakte Schaine's hand, neeg het hoofd en drukte een kus op haar hand. "Jij mag me nog steeds 'Muffin' noemen, als je wilt, maar —" hij keek om zich heen; zijn langs Kelse en Gerd glijdende blik verwees hen naar de achtergrond "— maar liever niet hier. Waar ben je geweest? Is het al vijf jaar geleden?"

"Helemaal."

"Het lijkt een eeuwigheid. Er is zoveel veranderd."

"Je schijnt aardig geboerd te hebben. Ik heb begrepen dat je het gesprek van de dag bent in Olanje — al wist ik niet dat jij de Grijze Prins was."

"Ja, ik ben enorm ver gekomen, en ik ben vast van plan nog eens zo ver te gaan — zelfs als ik daarmee ongerief voor mijn oude vrienden riskeer." Nu omvatte zijn blik ook Kelse en Gerd, maar direct keek hij Schaine weer aan. "En wat ga je nu doen?"

"Ik ga morgen naar Morgenwake terug. In Galigong ontmoeten we mijn vader en vliegen vandaar naar huis."

"Als onverzoenlijke?"

"Wat is dat?"

Weer op zijn verveelde toon antwoordde Kelse: "Het tegenovergestelde van redemptionist, neem ik aan."

"Ik ga als mijzelf," zei Schaine, "en ik wil met niemand ruzie maken."

"Dat valt je misschien moeilijker dan je denkt."

Glimlachend schudde Schaine haar hoofd. "Vader en ik passen ons wel aan elkaar aan. Hij is niet wreed en niet onredelijk, zoals je heel goed weet."

"Hij is een natuurkracht! Stormen, bliksem, stortregens — die zijn ook niet wreed of onredelijk, maar met vriendelijke woorden en redelijk gedrag versla je ze niet."

Schaine lachte triest. "En ben je van plan mijn arme vader te verslaan?"

"Dat moet ik. Ik ben redemptionist. Ik wil voor mijn volk het land terugwinnen dat ze zijn kwijtgeraakt aan het geweld van jouw soort."

Gerd keek naar het plafond en wendde zich half af. Kelse zei: "Over mijn vader gesproken, ik heb vandaag een brief van hem gehad. Een heel vreemde brief. Hij heeft het ook over jou. Luister maar. 'Als je die deugniet van een Jorjol misschien tegenkomt, probeer hem dan bij zijn verstand te brengen, voor zijn eigen bestwil. Misschien lokt het vooruitzicht van een carrière op Morgenwake hem niet meer aan, maar vertel hem dat als zijn zeepbel uit elkaar spat, hij hier altijd welkom is, en we weten allemaal heel goed waarom. Ik ben net terug van de Volwodes en ik wacht ongeduldig op je komst. Ik heb een paar verrassende avonturen beleefd en ik moet je een prachtig verhaal vertellen, een bijzondere mop, een wonderbaarlijke en buitengewone grap die me tien jaar extra heeft gegeven en die Jorjol zeker zal amuseren en heel leerzaam voor hem zal zijn.' Meer stond er niet in dat voor jou van belang is."

Jorjol fronste zijn gebleekte witte wenkbrauwen. "Wat voor grap? Ik stel geen belang in grappen."

"Ik weet het niet; ik ben heel benieuwd wat het is."

Jorjol trok aan zijn lange neus, die kennelijk chirurgisch ontdaan was van zijn druipende Uldrase punt. "Uther Madduc is geen groot humorist voor zover ik weet."

"Dat is waar," zei Kelse. "Toch is hij gecompliceerder dan je misschien denkt."

Jorjol dacht na. "Ik herinner me jullie vader vooral als iemand die overheerst werd door de beperkingen van de etiquette. Wie weet wat voor mens hij in werkelijkheid is?"

"Wij allemaal zijn gevormd door invloeden van buiten," zei Kelse.

Jorjol grijnsde. Zijn tanden waren nog witter dan zijn haar en contrasteerden glanzend met zijn blauwe huid. "Zeker niet! Ik ben wie ik ben omdat ik mijzelf zo gewild heb!"

Schaine kon een nerveus lachje niet onderdrukken. "Hemel, Muffin — Jorjol — Grijze Prins — hoe je ook heet — wat ben je heftig! We schrikken ervan."

Jorjols grijns verflauwde. "Je kent mij als een heftig persoon." Hij werd geroepen door Valtrina. Met een buiging en een laatste vlugge blik op Schaine nam hij afscheid.

Schaine zuchtte diep. "Het is helemaal waar; zo is hij altijd al geweest."

Erris Sammatzen sloot zich bij hen aan. "Jullie schijnen de Grijze Prins goed te kennen."

"Ja, dat is Muffin," zei Kelse. "Vader heeft hem aan de rand van het Oudland gevonden toen hij nog klein was; ze hadden hem aan zijn lot overgelaten. Vader nam hem mee en stelde hem onder de hoede van een schout van de Ao en we groeiden allemaal samen op."

"Vader heeft altijd een week plekje voor Muffin gehad," zei Schaine peinzend. "Als hij ons betrapte op echt drastisch kattenkwaad, dan kregen Kelse en ik een paar klappen, maar Muffin kwam er altijd vanaf met een preek."

"Eigenlijk was dat geen verdraagzaamheid maar de etiquette waar we net over hoorden. Een Blauwe sla je niet."

Sammatzen keek naar het groepje Uldra's. "Ze zien er nogal formidabel uit. Ik geloof niet dat ik er een zou durven slaan."

"Hij zou je met een mes doden, maar niet terugslaan. Bij de Uldra's vechten alleen de vrouwen met hun blote handen; gevechten tussen vrouwen zijn een geliefd schouwspel."

Sammatzen keek Kelse nieuwsgierig aan. "U schijnt de Uldra's niet erg te mogen."

"Sommigen wel. Onze Ao's hebben goeie manieren. Kurgech de sjamaan is een vriendje van mijn vader. De knokpartijen tussen vrouwen hebben we afgeschaft en ook een paar andere onaangename gewoonten. Toveren doen ze nog steeds, daar kunnen we niets tegen beginnen."

"Jorjol is blijkbaar niet als Uldra opgevoed."

"Hij is niet opgevoed om een bepaald iets te worden. Hij woonde bij de Aose schout, maar hij kreeg samen met ons les en speelde met ons en droeg Gaiaanse kleren. We zagen hem eigenlijk helemaal niet als een Blauwe."

"Ik aanbad hem vroeger," zei Schaine, "vooral nadat hij Kelse van de erjin redde."

"Werkelijk! Was dat de erjin die uw arm en been te grazen nam?"

Kelse knikte kort en zou over iets anders zijn begonnen, maar Schaine zei: "Het gebeurde maar een paar kilometer van het huis. De erjin kwam om de Skaw heen en begon Kelse aan stukken te scheuren. Jorjol rende naar het beest toe en schoot zijn kop eraf, en maar net op tijd, anders zou Kelse hier niet zijn. Vader wilde iets geweldigs voor Jorjol doen..." Schaine dacht terug aan vijf jaar oude taferelen. "Maar er waren emotionele problemen. Jorjol werd *aurau**. Hij liep weg en we hebben hem nooit meer teruggezien, maar we hoorden van Kurgech dat hij het Oudland in was gegaan en zich bij de Garganche had aangesloten. Daar kwam hij oorspronkelijk ook vandaan — dat zagen we aan zijn geboortetatoeage — dus haalden ze het niet in hun hoofd hem te landschuren."

---

* Aurau: onvertaalbaar. Het wordt gezegd van een stamlid dat behept is met walging voor beschaafde beperkingen, en soms van een gekooid dier dat naar de vrijheid hunkert.

"Landschuren is wat de Blauwen met vijandelijke stamleden doen," zei Kelse. "Eén van de dingen die ze daarmee doen, moet ik zeggen."

Schaine keek naar Jorjol. "En vanavond treffen we hem hier in villa Mirasol. We hadden wel verwacht dat hij carrière zou maken, maar niet zoiets."

Kelse zei droog: "Vader zag hem in gedachten als opper voor het vee, of als schout."

"U zult moeten toegeven," zei Sammatzen, "dat een ambitieuze Uldra maar heel weinig kans krijgt om zich te ontplooien."

Gerd lachte snuivend. "De ambitieuze Blauwe wil genoeg geld roven of afpersen om een luchthaai te kopen. Hij wil geen leraar of ingenieur worden — net zomin als u erjin wilt rijden."

"Van zo'n verlangen heb ik geen last."

"Gaat u maar na," zei Kelse. "De Blauwen kunnen naar Szintarre komen wanneer ze maar willen; ze kunnen in Olanje naar school gaan en een vak leren. En hoeveel doen dat? Heel weinig, of helemaal geen. Alle Blauwen in Olanje zijn agitators en redemptionistische schoothondjes; ze weten niets beters met hun leven te doen dan plannen maken om de landbaronnen uit de Verdragslanden verdrijven."

"Ze schijnen het idee te hebben dat het land van hen is," merkte Sammatzen op.

"Het is van hen als ze ons eraf kunnen krijgen," zei Kelse. "Zo niet, dan blijft het van ons."

Sammatzen haalde zijn schouders op en verdween. Kelse zei tegen zijn zuster: "We moeten maar gaan. Morgen krijgen we een lange dag."

Schaine was het met hem eens. Het drietal nam afscheid van Valtrina en verliet de villa.

Het was laat. Schaine had een rusteloos gevoel. Ze ging het balkon op en keek naar de sterren. De zee was kalm; de stad was naar bed; op de kust en achter de begroeiing van de berg flikkerden nog een paar lampen. Het enige geluid in de stilte was het zuchten van de branding... Een bewogen dag. Kelse, Gerd Jemasze, tante Val, Muffin (de Grijze Prins!) — allemaal onderdelen van haar jeugd, en nu was hun elementaire natuur geraffineerd en geïntensiveerd. De rust waarvoor ze thuis was gekomen leek voorgoed verloren en verdwenen. Ze haalde zich de

gezichten voor de geest. Kelse: strakker en cynischer dan ze had verwacht. Kelse was snel oud geworden; al zijn jongensachtige charme
was weg. Gerd Jemasze: een harde, hardvochtige man met een ziel van
steen... Muffin, of Jorjol zoals ze hem nu moest noemen: even fier en
listig als vroeger. Wat een noodlottig toeval dat hetgeen waaraan hij
zijn opvoeding en zelfs zijn leven te danken had — Morgenwake — nu
het doelwit van redemptionistische aanvallen moest worden!... Elvo
Glissam! Schaine voelde een warme blos opkomen en haar hartslag
versnelde gretig. Ze hoopte dat hij weken, maanden op Morgenwake
zou blijven logeren. Ze zou hem meenemen naar de Opaalkuilen, naar
het Sluiersmeer, naar de open plek in het bos van Sanhredin, naar het
Toverbos en de jachthut op de Meiberg; ze zou Kurgech vragen een
grootse karoo* te organiseren. Elvo Glissam zou het plezier brengen
dat Morgenwake vijf jaar lang had moeten missen: vijf bittere, ver-
spilde jaren.

---

* Karoo: Uldrase festiviteiten, waaronder feestmaaltijden, muziek, dansen,
  declamatie, atletiekwedstrijden. Een gewone karoo duurt een nacht en een
  dag; een grootse karoo drie dagen en nachten of langer. De karoos van de
  Oudlanden zijn wild en vaak luguber.

HOOFDSTUK III

HET VRACHTVOERTUIG VAN SUANISET, een lompe Apex A-15 zonder opschik en ontbloot van stijl, vloog over de Persimmonzee. Schaine verdacht Gerd Jemasze ervan dat hij zijn minachting voor de rages van Olanje wilde tonen. Ze zei: "Dit is allemaal heel luxueus, maar waar is de Hybro limousine?"

Jemasze stelde de autopiloot op Galigong in en draaide zich om. "De Hybro staat in de garage. Ik wacht op nieuwe dexoden."

Schaine herinnerde zich de Hybro van Suaniset nog uit haar kinderjaren. "Vader vliegt zeker nog steeds rond in onze afgetakelde Sturdevant met het kapotte raam?" vroeg ze aan Kelse.

"Ja, die wordt maar niet ouder. Het raam heb ik vorig jaar gerepareerd."

Schaine verduidelijkte voor Elvo Glissam: "Op de domeinen kabbelt het leven sereen voort. Onze voorouders waren wijs en nijver, en wat goed genoeg was voor hen, is goed genoeg voor ons."

"Helemaal verdoofd zijn we toch niet," zei Kelse. "Twaalf jaar geleden hebben we honderd hectaren met druiven beplant en volgend jaar beginnen we wijn te produceren."

"Dat klinkt interessant," zei Schaine. "We moeten goedkoper kunnen verkopen dan de import; misschien worden we nog wel de magnaten van de wijnhandel."

Elvo zei: "Ik dacht dat jullie allemaal rijk waren, met zoveel land en bergen en beken en mineralen."

Kelse grinnikte zuur. "Wij zijn keuterboertjes. Veel contant geld krijgen wij niet te zien."

"Misschien kun jij ons raad geven over de loterij," stelde Schaine voor.

"Met plezier," zei Elvo. "Beleg je geld elders. Bijvoorbeeld in een jachthaven op een van die prachtige eilanden daarbeneden."

"Zeilen op de Persimmonzee is een riskante onderneming," zei Kelse. "Soms klimmen er morfoten aan boord die iedereen vermoorden en met het jacht wegvaren."

"Dat moet een raar gezicht zijn," zei Gerd.

Elvo trok een gezicht. "Koryphon is een wrede wereld."

"Suaniset is heel vreedzaam," zei Gerd.

"Morgenwake ook," zei Kelse. "Jorjol probeert onze Ao's te vertellen hoe slecht ze het hebben maar zij begrijpen niet waar hij het over heeft. En daarom praat Jorjol nu in Olanje."

"Hij lijkt me helemaal geen stereotiepe hervormer," zei Elvo. "Ik vind hem een heel verbluffend individu. Wat beweegt hem? Tenslotte was jullie vader zijn weldoener."

Schaine zweeg. Gerd keek naar de Mermione-eilanden. Kelse zei: "Zo'n mysterie is het niet. Vader houdt er zeer starre opinies op na. Het lijkt misschien of Jorjol en Schaine en ik als speelkameraadjes en gelijken opgroeiden, maar niemand probeerde de ware situatie te verbloemen. Wij waren outkers, Jorjol was een Blauwe. Hij at nooit in de grote zaal; hij at in de keuken, en dat zal hem wel erger dwars hebben gezeten dan hij wilde toegeven. En 's zomers, als wij naar tante Val in Olanje gingen, moest Jorjol het boerenvak leren, want vader wilde dat hij het veebedrijf ging leiden."

Elvo knikte nadenkend en vroeg niet verder.

De roze zon zweefde de hemel in. De Apex brak door een cumulusbank en ze zagen Uaia op de noordelijke horizon liggen. Achter de nevel verschenen details; kliffen, stranden, rotskapen. De kleuren verscherpten allengs tot lichtbruin, okergeel, zwart, wit en donkerbruin. De kust kwam dichterbij; een schiereiland maakte zich los van de massa van het werelddeel en bleek een lange smalle baai te omsluiten. Op de punt hokten een half dozijn pakhuizen, een paar rijen hutten en keten, een gammel hotel van witgeverfd hout dat half boven het water was gebouwd op een steiger van honderd kromme palen. "Galigong," zei Kelse. "De voornaamste zeehaven van het Oudland."

"En hoe ver is het nog naar Morgenwake?"

"Ongeveer dertienhonderd kilometer." Kelse inspecteerde het land met een verrekijker. "De Sturdevant zie ik niet, maar we zijn tamelijk vroeg. De Hilgads houden een karoo in hun strandkamp. Ik geloof dat er een vrouwengevecht aan de gang is." Hij bood Elvo de kijker aan. Elvo was allang blij dat hij niet meer zag dan een verwarde bende lange blauwe gedaanten in witte, roze en gele mantels.

Toen de luchtwagen geland was stapte het viertal uit op de kalkachtige bodem van Uaia en haastte zich door het vlammende roze licht naar de beschutting van het hotel. De schemerige gelagkamer kreeg alleen licht door een rij groene bolronde raampjes. De eigenaar kwam naar hen toe. Het was een kleine dikke outker met een paar slierten bruin haar, een gespleten knopneus. Zijn melancholieke bruine ogen stonden scheef.

Kelse vroeg: "Zijn er boodschappen van Morgenwake?"

"Nee meneer, geen woord."

Kelse keek op zijn horloge. "Ja, we zijn nog vroeg, dat wel." Hij ging naar de deur, keek de hemel rond en kwam weer terug. "We zullen hier eten. Wat heeft u te bieden?"

De man schudde spijtig het hoofd. "Heel weinig, vrees ik. Ik zou wat spernum kunnen bakken. Er is nog een pot of twee met ingemaakte poliepen, en ik kan de jongen een salade van rotskruid laten halen. En u kunt die taart in de vitrine ginds krijgen, maar ik kan er niet helemaal voor instaan."

"Nou, doe uw best. Breng ons intussen een pul koud bier."

"Zo koud als 't maar kan, meneer."

Toen de lunch verscheen, bleek het een minder geïmproviseerde maaltijd dan de schroom van de hotelier had doen verwachten. De vier zaten buiten op de steiger in de schaduw van het hotel met het zicht over het water op het kamp van de Hilgads. De hotelier bevestigde dat er een karoo aan de gang was. "Maar laat u niet door uw nieuwsgierigheid verleiden; ze zijn dronken van raki en ze zullen u heel onheus behandelen als u zich in hun buurt waagde. Vanochtend zijn er al drie vrouwengevechten en acht rascolades geweest, en vanavond smijten ze ze van het rad." Hij maakte een waarschuwend gebaar en ging naar binnen.

"Allemaal duistere termen," zei Elvo, "en geen ervan klinkt aanlokkelijk."

"Helemaal correct," zei Kelse. Hij wees naar de heuvelkant die in de zon lag te bakken. "Zie je die kleine hokken en kooien? Daarin wachten de gevangenen tot er losgeld voor ze is betaald. Na een jaar of twee, als er niet betaald is, wordt de gevangene eruit gehaald en moet hij een baan afrennen. Hij wordt achternagezeten door krijgers op erjins die gewapend zijn met lansen. Als hij het andere eind van de baan bereikt, laten ze hem vrij. Dat is een rascolade. Het rad — zie je dat grote ding met het contragewicht? Het gewicht wordt opgehesen en de gevangene wordt op het rad gebonden. Dan snijden ze het gewicht los en het wiel draait rond. Op een bepaald moment wordt de gevangene losgesneden en naar die rotspunt gesmeten die je daar in het water ziet. Soms landt hij in het water en krijgen de morfoten hem. De pret houdt pas op als de gevangenen op zijn. Ondertussen eten ze allemaal geroosterde morfoot en drinken schedelkraker en smeden plannen waar ze nieuwe gevangenen kunnen maken."

Schaine ergerde zich aan de teneur van het gesprek. Ze wilde niet dat Kelse en Gerd hun vooroordelen oplegden aan Elvo's nog open geest. Ze zei: "De Hilgads zijn niet representatief voor de Uldra's; het zijn paria's."

Gerd zei: "Het zijn paria's omdat ze geen land en kachemba's hebben, niet omdat hun gewoonten abnormaal zijn."

Schaine wilde opmerken dat de Verdragsstammen zoals de Ao's van Morgenwake heel anders waren dan de stammen van het Oudland, veel en veel minder wreed en meedogenloos, maar toen ze de ironische schittering in Gerds ogen zag hield ze haar mond.

De uren verstreken zonder dat er iets gebeurde. 's Middags telefoneerde Kelse met Morgenwake. Op het stoffige, door insecten bevuilde scherm in de hoek van de gelagkamer verscheen het gezicht van Reyona Werlas-Madduc, de huishoudster van Morgenwake. Ze was een achternicht van Schaine en Kelse. Het beeld was onrustig en vlamde, haar stem vibreerde door de antieke bedrading. "Is hij nog niet in Galigong? Wat vreemd, hij had er al moeten zijn. Vanmorgen is hij vertrokken."

"Nou, hier is hij niet. Heeft hij gezegd of hij nog ergens anders heenging, voor een boodschap onderweg?"

"Niet tegen mij. Is Schaine daar? Laat mij even met lieve kleine Schaine praten."

Schaine wisselde groeten uit met Reyona. Daarna nam Kelse weer het woord. "Als vader opbelt, zeg dan dat wij in het hotel van Galigong wachten."

"Hij kan ieder moment arriveren... Is hij misschien op Trillium gestopt om een paar glazen met Dm. Hugo te drinken?"

"Vast niet," zei Kelse. "We zullen gewoon moeten wachten tot hij arriveert."

Aan het eind van de middag zonk de zon tussen laaiende wolken en met flitsende lichtstralen in de Persimmonzee. Schaine, Kelse, Elvo en Gerd zaten op de steiger en keken over het rustige water naar het westen. Nu waren ze omgeven door een sfeer van bezorgdheid.

"Dat hij er nog niet is, moet betekenen dat hij moeilijkheden heeft," zei Kelse. "Hij heeft vrijwel zeker ergens onderweg moeten landen. En twee derde van de route gaat over het Oudland: Garganche en Hunge en Kyan."

"Waarom gebruikt hij de radio niet om hulp te vragen?" zei Schaine.

"Er kan van alles gebeurd zijn," antwoordde Gerd. "We vinden hem vast en zeker ergens tussen hier en Morgenwake."

Kelse vloekte gedempt. "In het donker zullen we hem niet vinden; we moeten tot morgen wachten." Hij zocht de hotelhouder op om naar logies te informeren. Hiervan kwam hij nog mistroostiger terug dan hij al was. "Hij heeft twee kamers met bedden, en hij zal twee hangmatten ophangen. Maar hij weet niet of hij ons een avondeten kan geven."

Toch bestond het avondeten uit een redelijke schotel in zeewater gekookte zandkruipers met een bijgerecht van zuurzak en gebakken kool. Na het eten gingen de vier weer op de steiger zitten. In een vlaag van ijver gooide de hoteleigenaar een tafellaken over zijn aastafel en diende een dessert van biscuits en gedroogd fruit op met een pot verbenathee.

Het gesprek verliep. Een poos lang brandden de vuren van de Hilgads fel; daarna slonken ze tot trillende rode vonken. De lome golfslag onder de steiger maakte trieste geluidjes. De sterrenbeelden begonnen te verschijnen: de magnifieke Griffeïden, Orpheus met zijn luit van acht blauwe sterren, Miraldra de Betoverende met de stralende Fenim als diadeem, en laag in het zuidoosten de sterrensluiers van de Alastor Groep. Wat had het niet een plezierige avond kunnen zijn,

dacht Schaine, als de omstandigheden maar anders waren geweest! Ze was gedeprimeerd, nog afgezien van haar zorgen om haar vader. Het lieflijke oude Morgenwake was een maalstroom van lelijke emoties geworden en zij wist niet zeker waar uiteindelijk haar sympathieën lagen. Niet bij haar vader, vermoedde ze, al maakte het geen verschil; ze hield toch van hem. Waarom had ze dan zo'n intense hekel aan Gerd Jemasze, vroeg ze zich af. Hij hield er dezelfde meningen op na als haar vader; hij was niet minder onafhankelijk en zichzelf genoeg. Ze keek naar de reling, waar Elvo en Gerd stonden te praten. Ze waren ongeveer even oud; beiden waren knap van uiterlijk; elk was trots op zijn eigen identiteit. Elvo was hartelijk van aard, impulsief en monter, sympathiek en idealistisch; hij hield zich bezig met morele normen. Gerd Jemasze daarentegen verborg zijn gevoelens achter een koel masker; zijn gevoel voor humor was sardonisch; zijn ethische normen — als je het zo mocht noemen — waren gebaseerd op een zelfzuchtig pragmatisme...
Hun gesprek zweefde door de nacht. Het ging over morfoten en erjins. Schaine luisterde ernaar.

"...een beetje eigenaardig," zei Gerd. "De paleontologen hebben fossiele resten van de evolutie van de morfoten gevonden, helemaal vanaf een wezen dat leek op de kruiper die we vanavond gegeten hebben. Maar erjins laten geen fossielen na. De substantie van hun skelet lost binnen een paar jaar op, zodat de reeks van de evolutie helemaal niet duidelijk is. Niemand weet ook maar hoe ze zich voortplanten."

"Behalve de Windrenners," zei Kelse.

"Hoe temmen de Windrenners hun erjins? Vangen ze jonkies? Of werken ze met volwassenen?"

"Uther Madduc kan je meer vertellen dan ik; hij komt net van de Palga."

"Misschien is dat wel zijn prachtgrap," opperde Kelse.

Gerd haalde zijn schouders op. "Zover ik weet, laten de Windrenners erjin-eieren uitkomen en trainen ze de jonkies. Wilde erjins zijn telepathisch; misschien blokkeren de Windrenners dat vermogen. Hoe? Daar kan ik net zomin iets verstandigs over zeggen als jij."

Kelse en Gerd sliepen liever op de brede banken van de Apex dan in het hotel. Elvo en Schaine liepen naar het eind van de steiger waar ze op een omgekeerde skiff gingen zitten. De sterren weerspiegelden in het donkere water van de zee. De vuren van de Hilgads waren bijna gedoofd; van ergens op de kust klonk muziek, bestaand uit bevende jammerkreten met een accent van klaaglijk bassende schreeuwen. Elvo luisterde ernaar. "Wat een gruwelijke geluiden!"

"Blauwe muziek is nooit vrolijk," zei Schaine. "Zij vinden al onze muziek een slap getinkel."

De muziek van de Hilgads verstomde allengs. De twee zaten naar het klotsen van de golven om de palen van de steiger te luisteren. Schaine zei: "Dit kan voor jou niet erg opwindend zijn. Natuurlijk hadden we niet op al deze ongemakken gerekend."

"Zeg maar niets! Ik hoop dat het alleen een ongemak is."

"Ik ook. Gerd zei het al, vader heeft wapens bij zich, en zelfs als zijn wagen neergestort is zullen we hem morgen vinden."

"Ik wil niet pessimistisch lijken," zei Elvo, "maar weet je dat wel zeker? Het is een heel eind naar Morgenwake. Het is een heel groot gebied waar hij overheen kan zijn gekomen."

"Nee, wij vliegen altijd op de autopiloot, van het ene punt naar het andere, speciaal voor als we pech krijgen. Dat is een elementaire voorzorg. Morgen vliegen we terug zoals hij had moeten komen, en als vader niet van de koers is afgeweken, moeten we hem vinden." Ze stond op. "Ik ga naar bed."

Elvo stond ook op en kuste haar op het voorhoofd. "Slaap wel en maak je geen zorgen — over niets."

Hoofdstuk IV

ONDER DE GRIJZE EN ROZE LUCHT lag de zee roerloos. Uit het kamp van de Hilgads woei rook met een lekkere, gekruide geur over de baai.

In de gelagkamer zette de hotelier mopperend en geeuwend een ontbijt neer dat bestond uit gekookte mosselen, pap en thee waaraan de vier maar weinig tijd verspilden. Kelse betaalde de rekening en een paar minuten daarna rees de Apex de hemel in. Jemasze stelde de autopiloot in op de coördinaten van Morgenwake: over de baai, over het kamp van de Uldra's. De krijgers kwamen rennend tevoorschijn, sprongen op hun erjins en spoorden ze woest aan met elektrische prikkers. Springend op hun achterpoten met hun massieve koppen opgestoken gingen de erjins achter de luchtwagen aan terwijl de krijgers waanzinnige verwensingen uitschreeuwden.

De Hilgads verdwenen in de verte. De luchtwagen steeg om de steenhellingen van de kust te overbruggen en vloog daarna verder op een hoogte van vierhonderdvijftig meter zodat de inzittenden links en rechts zo ver mogelijk over de strook land konden uitkijken die Uther Madduc gepasseerd moest zijn. De Alouan strekte zich tot voorbij de einder uit, een golvende vlakte gevlekt met groepen grijze doornstruiken, flessebosjes, af en toe de dikke stam van een heksenboom met takken die naar de lucht leken te klauwen. De Apex vloog langzaam terwijl de vier iedere vierkante meter grond afspeurden.

De kilometers gleden voorbij, samen met de uren; de vlakte zakte in en veranderde in een bassin met een zwemmende hittenevel en zoutpannen. In de verte rezen de witte rotswanden van de Lucimerbergen op. "Geen erg uitnodigend gebied," zei Elvo Glissam, "wat wel zal verklaren waarom het nog Oudland is."

Kelse grinnikte. "De Kyan zijn er best blij mee. En zo is iedereen tevreden."

"Ze moeten een heel eenvoudig leven leiden," zei Elvo. "Ik snap niet hoe een hagedis het daarbeneden kan uithouden."

"We zitten nu in het droge seizoen. De Kyan wonen in de bergen daar in het westen. In de regentijd verhuizen ze naar die kalkheuvels daar, waar ze hun kachemba's hebben."

"Heb je ooit een kachemba vanbinnen bekeken?"

Kelse schudde zijn hoofd. "Nooit erg grondig. Ze zouden me doden."

"Maar hoe weten ze dat je erin geweest bent?"

"Ze weten het."

Schaine zei: "Aangezien wij hen niet in onze salons uitnodigen, vragen zij ons niet in hun kachemba's."

"Leer om leer, als het ware."

"En weer," zei Kelse, "is iedereen tevreden."

"Behalve Jorjol," zei Schaine.

Boven de Lucimerketen minderde Jemasze de snelheid zodat ze de hellingen en kloven beter konden overzien. Nergens was er een spoor van Uther Madducs Sturdevant te vinden.

Achter de Lucimers begon een savanne met een tiental beken die zich uiteindelijk samenvoegden tot de Lela. Langs de rivier lag een moerassige strook. Jemasze vertraagde de Apex tot ze nog maar net vooruitkwamen, maar de Sturdevant was niet in het moeras terechtgekomen.

Elvo vroeg: "Is dit nog steeds het Oudland?"

"Nog steeds: het territorium van de Hunge. Honderdvijftig kilometer in het oosten ligt Trillium. Morgenwake is nog zeshonderdvijftig kilometer naar het noorden."

Het landschap gleed onder de wagen door. De savanne werd een droge vlakte overdekt met rookgras. Op de horizon scholen twaalf steile hoogten als een groep grijze monsters. Jemasze liet de Apex stijgen om verder te kunnen zien, maar voorlopig nog vergeefs.

Ze passeerden de hoogten; het land werd een gebroken woestenij van droge beddingen en rotshopen, gecontrasteerd met warbomen, jossamer en ibixbomen met zwarte stammen en wapperend mosterdkleurig gebladerte. Dit stuk land stond bekend als de Dramalfo.

Om twee uur 's middags, toen ze de rand van het Oudland naderden op honderdvijftig kilometer van Morgenwake, ontdekten ze de Sturdevant. Hij leek neergestort te zijn, alsof hij van een hoogte gevallen was. Er waren geen tekenen van leven. Jemasze bleef boven het zwarte wrak zweven terwijl hij de grond met de kijker bestudeerde. "Er zit een luchtje aan." Hij zocht in het rond; toen hij naar het westen draaide hield hij de verrekijker stil. "Blauwen — een stuk of dertig. Ze rijden hiernaartoe."

Hij liet de Apex zakken terwijl Kelse de ruiters bekeek. "Ze komen snel, alsof ze weten wat ze zullen vinden."

"Buit."

"Wat betekent dat ze van het wrak afweten."

"En dat betekent —" Jemasze keek omhoog. Hij gaf een ruk aan de bedieningsinstrumenten. "Een luchthaai!"

Hij was niet snel genoeg. Een ontploffing: het metaal knerste en kreunde, de Apex beefde en de achterkant zakte omlaag. De luchthaai dook langs. Het was een smal platform met een gebogen windscherm voorop en een lange boegspriet die als kanon fungeerde en ook als lans als de piloot laag genoeg wilde duiken om een vijand te spietsen.

De luchthaai maakte een bocht, rolde om en schichtte omhoog. De Apex hing van achter gevaarlijk laag. Jemasze wist het dalingstempo onder controle te krijgen. De luchthaai stortte zich weer naar beneden; de Apex beefde onder een nieuwe treffer. Gerd vloekte. De grond kwam snel dichterbij; Gerd gebruikte alle beschikbare stuwkracht om de val te breken. De Apex klapte bijna op zijn rug.

De luchtwagen kwam neer op de steenachtige bodem. Gerd pakte een geweer uit een kastje en sprong op de grond, maar de haai was al in het westen verdwenen.

Kelse wankelde naar de radio en probeerde te seinen. "Er gebeurt niets. Er is geen stroom."

Gerd zei: "Hij heeft onze achtermodules weggeschoten — om ons aan de grond te zetten, niet om ons te doden."

"Nogal onheilspellend," zei Kelse. "Misschien komen we meer over rascolade te weten dan we willen."

"Pak de wapens uit de kast," zei Jemasze. "Er moet ook een granaatwerper in zitten."

Schaine, Elvo en Kelse stapten ook uit. Kelse liep naar de kapotte Sturdevant en tuurde naar binnen. Hij kwam met een grimmig gezicht terug. "Hij zit erin. Dood."

Elvo Glissam keek beduusd van het wrak van de Sturdevant naar de defecte Apex naar Kelse. Hij wilde iets gaan zeggen, maar bedacht zich. Schaine knipperde haar tranen weg. Vijf jaren verspild op Tanquil: vijf jaren weg door arrogantie en trots en roekeloze emoties — en nu zou ze haar vader nooit meer zien.

Gerd vroeg aan Kelse: "Heb jij de Blauwen herkend?"

"Hoogstwaarschijnlijk Hunge. Ao's zijn het beslist niet. De erjins hebben een witte kraag, dus zijn het geen Garganche."

"Jullie drie verschuilen je achter de Apex," zei Jemasze. "Als ze uit het noorden komen, vuur dan. Ik ga ze daarginds opwachten. Misschien maakt dat de strijd wat gelijker."

Kelse ging achter de Apex. Schaine volgde hem en even later kwam Elvo ook, langzaam, Jemasze weifelend nakijkend. Gerd draafde in gebogen houding naar een zandheuvel in het westen die een halve kilometer verder lag. "Wat gaat hij daar doen?"

"Een paar Blauwen uitschakelen," zei Kelse. "Weet je hoe je dit geweer gebruikt?"

"Ik ben bang van niet."

"Het is heel eenvoudig. Richt die gele stip op je doel en druk op deze knop. De baan wordt automatisch berekend. Je schiet met explosie-kogels type OB-16, waarmee je een Blauwe samen met zijn erjin neer kunt leggen."

Elvo keek bedenkelijk naar het wapen. "Weet je zeker dat ze vijandig zijn?"

"Als het Hunge zijn, dan zijn ze vijandig. Ze hebben hier op de Dramalfo niets te maken, dit is het gebied van de Garganche. En al zijn het Garganche, dan zijn ze ook vijandig tenzij ze ons de ruimte laten. Ze kennen de regels."

"Als ze met zijn dertigen zijn, hebben we weinig kans. Moeten we niet proberen met ze te onderhandelen?"

"Dat is zinloos. Wat onze kansen aangaat: Gerd zal daar iets aan doen."

Bij het heuveltje aangekomen liep Jemasze naar een aantal dwerg-ibix op de top. De Uldra's, die nog ruim een kilometer ver waren, kwamen op volle snelheid aangesprongen terwijl ze met hun stokoude Twee Ster thio-handwapens zwaaiden. Jemasze keek aandachtig naar de hemel. Hij zag geen spoor van de luchthaai. Misschien hing hij met de zon in de rug, onzichtbaar in het verblindende roze licht.

De Uldra's waren nu dichtbij en Gerd zag dat het inderdaad Hunge waren. Ze kwamen recht op hem af, blijkbaar hielden ze geen rekening met hinderlagen. Jemasze ging er makkelijk voor zitten, stelde toen de granaatwerper naast zich op en richtte zijn geweer. De Hunge sprongen naar hem toe; hij hoorde de erjins hijgend schreeuwen. Jemasze legde aan op de aanvoerder, een lange man met een wapperende grijs met gele mantel en een hoofdtooi gemaakt van een mensenschedel. Jemasze raakte de vuurknop aan en richtte en vuurde meteen opnieuw, en weer. De erjins piepten van woede en verontwaardiging en sloegen hun klauwen in de grond. Jemasze vuurde de granaatwerper af op de klont ruiters: een schetterende knal en de overlevenden zwenkten opzij. Hij vloog overeind en schoot op de vluchtende Uldra's. Op de grond lagen de erjins te schoppen en brullen. Een gewonde Uldra pakte zijn wapen en schoot op Jemasze. De kogel gierde vlak langs zijn hoofd. Hij gooide er een tweede granaat heen en toen bewoog er niets meer.

Vanuit de hoogte kwamen een knal en een drukgolf; nog voor hij keek wist Jemasze wat er gebeurd was. De luchthaai was neergedoken. Kelse had erop gerekend en geschoten. Nu tolde de luchthaai rond en leek te vallen, schijnbaar onbestuurbaar. Jemasze richtte en schoot, maar zonder resultaat: de piloot gaf gas en hinkte naar het westen.

Jemasze liep naar de lijken toe. Hij telde er veertien; een even groot aantal was ontkomen. Hij verzamelde de geweren, stapelde ze op een hoop en vernietigde ze met een granaat, waarna hij weer terugging naar zijn heuveltje. Drie kilometer verderop waren de overlevende Hunge blijven staan om te beraadslagen. De afstand was eigenlijk te groot, maar Jemasze probeerde het toch. Zijn kogel kwam niet ver genoeg.

Terug bij de kapotte luchtwagens zag hij dat Kelse, Schaine en Elvo al met stokken een graf aan het delven waren in de zandbodem. Kelse en Jemasze sleepten het lijk van Uther Madduc tevoorschijn en lieten het in het graf zakken. Schaine stond naar de lucht te kijken, terwijl Elvo zich onzeker terzijde hield. Kelse en Gerd gooiden het graf dicht en bedekten het met stenen. Wat de prachtige grap ook mocht zijn, van Uther Madduc zouden ze hem nu nooit te horen krijgen.

Gerd en Kelse kamden allebei de wagens uit, wat de wapens van Uther Madduc opleverde en de inhoud van de watertank — ongeveer acht liter. Uit de Apex kwam een kaart, een kompas, de verrekijker, een paar pakjes noodrantsoenen en nog eens tien liter water. "We moeten ongeveer honderdvijftig kilometer lopen; vier of vijf dagen dwars door het land," zei Jemasze. "We staan er niet zo slecht voor — als de Blauwen niet terugkomen. Maar dat doen ze vast wel. Let goed op stofwolken of een beweging op de horizon."

Elvo vroeg: "Kunnen we geen hulp vragen per radio?"

"Nee," zei Jemasze. "Onze accu's zijn er geweest. De aanvaller wilde ons blijkbaar levend vangen."

Kelse hees zijn bepakking op zijn rug. "Hoe eerder we op weg gaan, hoe eerder we er zijn."

Schaine keek hem weifelend aan. "Haalt je been dat wel?"

"Ik hoop het."

De vier waren pas een anderhalve kilometer gevorderd toen de Hunge op de horizon opdoemden. Ze stelden zich in een rij op: zestien silhouetten op rusteloze erjins met naar voren reikende armen, de grote baardige koppen uitgestoken, en daarbovenop, op zadels, de Hunge-krijgers. Ze keken voor zich uit zonder een gebaar of enig ander vertoon, in een stilzwijgen dat griezeliger was dan geschreeuw en gegil. Elvo vroeg onzeker: "Als ze aanvallen, wat moeten we dan doen?"

"Ze vallen niet aan," zei Kelse kortaf. "Niet hier; daar hebben hun ouderwetse Twee Sterren het bereik niet voor. Ze leggen een hinderlaag, of ze proberen ons 's nachts te verrassen."

Jemasze wees naar een groep fantastisch verweerde zandsteenpieken. "En dat is een prachtig gebied voor hinderlagen."

"Een kilometer of vijftien," zei Kelse. "Zeg drie uur, of een uur voor de zon ondergaat."

De vier sloften over de kale grond. De Uldra's keken nog een paar minuten toe, toen lieten ze hun rijdieren keren en verdwenen in noordelijke richting.

Schaine zei tegen Elvo: "Je bezoek aan Uaia zal je nog lang heugen."

"Als ik lang genoeg leef om er nog aan te denken."

"O, dat zal wel lukken. Daar zorgt Gerd wel voor. Zijn zelfrespect zou eronder lijden als ons iets overkwam."

Elvo keek haar van opzij aan, maar hij hield zijn mond.

Onder het lopen wisselden Kelse en Gerd op gedempte toon opmerkingen uit en wezen elkaar af en toe een onderdeel van het landschap aan. In de schaduw van een wijdvertakte heksenboom namen ze rust. Kelse zei: "We moeten uit de buurt van die hoogten daarginds blijven, want daar zouden de Blauwen te dichtbij kunnen komen. De steilte helemaal rechts is iets veiliger, omdat het terrein ernaast open is. We gaan er aan de oostkant langs."

De vier sjokten verder door de warme middag. Schaine zag dat Kelse steeds erger begon te hinken ... Ze kwamen bij een droge waterloop van honderd meter breed met een zandbodem. De oevers waren begroeid met gifcassander en sloopbessenstruiken. Jemasze gaf een teken dat ze halt moesten houden en dirigeerde het groepje naar de schaduw van de paarse cassanders. "Ze kunnen vooruit gereden en overgestoken zijn. In dat geval wachten ze aan de overkant, om ons te pakken als wij oversteken. We kunnen beter nog een paar kilometer aan deze kant blijven."

"En dan?" vroeg Elvo.

"Dan zien we wel weer."

Op hun hoede en onrustig liepen ze verder. Na een kleine kilometer wees Jemasze sporen in het zand van de rivierbedding aan. "Hier zijn ze overgestoken. Ze zitten aan de andere kant op ons te wachten." Na een ogenblik zei hij: "Jullie drie gaan verder, tot aan die grote jossamer."

Jemasze dook in elkaar en gleed naar een plek waar de Uldra's hem niet konden zien. Toen draafde hij terug. Driehonderd meter verderop sloop hij naar de hogergelegen oever. Hij keek achter zich, inspecteerde dan de andere oever. Hij zag niets bewegen, voelde geen drukkend gevaar. Hij wachtte een minuut, gleed toen naar de bedding en rende gebogen over het roze zand en de kwartskiezels naar de overkant, ieder moment een voltreffer verwachtend, al verzekerden de rede en zijn instinct hem dat de Hunge hier geen wachter hadden achtergelaten. Zonder moeilijkheden kon hij zich in de bessenstruiken op de andere oever verschuilen. Boven aangekomen keek hij naar het noorden en zag de groep Hunge zoals verwacht op gelijke hoogte met de jossamerboom waar hij de anderen naartoe had gestuurd. Jemasze ging terug naar de rivierbedding. In de beschutting van de struiken rende hij honderd meter naar het noorden waar hij de situatie opnieuw verkende. Nog te ver. Na een nieuwe ren van honderd meter was hij de Hunge op honderd meter genaderd.

Hij observeerde ze even om de nieuwe leider uit te zoeken. Toen begon hij zonder omhaal te schieten. Drie Blauwen vielen op de grond; de erjins krijsten het uit van razernij en schrik. De overlevenden namen ogenblikkelijk de benen. Ze stormden door de planten naar de rivier en raceten zigzaggend en schietend naar de jossamerboom.

Kelse opende het vuur. Toen hij even naar Elvo keek, zag hij dat de jongeman gefascineerd en als verlamd naar de aanstormende Hunge staarde.

"Schiet dan, man, schiet!"

Elvo schudde ontsteld zijn hoofd. Maar toen klemde hij zijn kaken op elkaar en vuurde.

De kogels joegen fluitend over hun hoofd en de bedding van de rivier leek bezaaid met stuiptrekkende erjins en stervende Blauwen. De resterende vijf overvallers klauterden door de struiken naar boven. Schaine en Kelse beschoten hen; drie van de mannen naderden de top. Gedreven door verontwaardiging, vernedering, angst en woede gaf Elvo een woeste schreeuw, wierp zich op de rug van een van de Blauwen en rukte hem van zijn rijdier. De twee spartelden tussen de bessenstruiken; brullend en sissend vertrapte de erjin beide mannen en sprong toen de waterloop in en draafde met immense stappen uitgelaten weg. De Blauwe trok zijn dolk en hakte in Elvo's arm, die zijn nek omklemd hield. Op dat moment verscheen Jemasze ter plaatse. Hij knuppelde de Blauwe neer met de kolf van zijn geweer. De Uldra viel in de struiken.

Toen was het stil. Alleen de ruiterloze erjins die hun muilkorven en elektrische ketenen probeerden kwijt te raken door ze tegen de stenen te schuren, maakten geluid en de vier schipbreukelingen hijgden. Elvo Glissam staarde naar het bloed dat uit zijn arm stroomde. Schaine slaakte een kreet en ging naar hem toe. Kelse haalde een medicijnfles voor alle doeleinden tevoorschijn en bespoot er de wonden mee, wat het bloeden meteen stelpte. Toen het beschermende vlies zich had gevormd goot Schaine water over Elvo's armen en waste het bloed af.

Met een bevende stem zei hij: "Sorry dat ik zo versuft was; ik vrees dat ik een beschut leven heb geleid."

"Of je een shock oploopt of niet heeft niets te maken met een beschut leven," zei Schaine. "Het kan iedereen overkomen. Je bent heel moedig geweest."

Jemasze liep terug om zijn bepakking te halen en daarna ging de groep weer op pad. De droge waterloop en de lijken van de Uldra's lieten ze achter zich.

Methuen zonk weg achter de verre Lucimers. Het viertal maakte een kamp op de helling van een steilte. Om te voorkomen dat ze de aandacht van Uldra's trokken, legden ze geen vuur aan maar aten de noodrantsoenen en dronken water. De hemel doorliep de stadia van vermiljoen, scharlakenrood, robijnrood en purper; de schemer verspreidde zich over het land. Schaine ging naast Glissam zitten. "Hoe is het met je arm?"

Elvo keek naar de snee. "Het schrijnt een beetje, maar het had veel erger kunnen zijn. En ik ben beledigd dat die erjin me geschopt heeft."

Schaine zei somber: "Ik vraag me af of je me ooit zult vergeven dat ik je heb uitgenodigd."

Elvo antwoordde en bracht daarmee een gesprek op gang dat hem later, toen hij zijn herinneringen overzag, onwerkelijker en ongerijmder leek dan alle andere aspecten van het avontuur.

"Ik vergeef je hier en nu," zei hij. "De tocht is in ieder geval heel leerzaam. Ik zie mezelf vanuit een nieuw perspectief."

Schaine protesteerde heftig. "Helemaal niet! De omgeving is veranderd. Jij bent nog hetzelfde."

"Komt op hetzelfde neer. Verfijnde gevoelens helpen bitter weinig als je voor je leven vecht."

Schaine keek van Kelse, die tegen een boomstam zat met naar ze vermoedde een flauwe glimlach op zijn gezicht, naar Gerd, die op een platte steen met zijn armen om zijn knieën geslagen in de schemer zat te piekeren, en ze voelde zich gedwongen Elvo's kleinerende opmerking in het juiste perspectief te plaatsen. "In een beschaafde omgeving hoef je niet voor je leven te vechten."

Kelse grinnikte hol. Schaine keek hem koel aan. "Heb ik iets stoms gezegd?"

"De brandweer is niet nodig, behalve als er brand is."

"De beschaving is een heel normale, gezonde toestand," zei Schaine. "Beschaafde mensen hoeven hun leven niet te verdedigen."

"Niet vaak," zei Kelse laconiek. "Maar je kunt een Blauwe niet doden door een abstractie aan te roepen."

"Beweerde ik dat?"

"In zekere zin."

"Ik ben het met je eens dat ik in de war moet zijn, want dat herinner ik me niet."

Kelse haalde zijn schouders op en keek naar de lucht alsof hij wilde aangeven dat hij geen zin had op het onderwerp door te gaan. Maar hij zei: "Je gebruikte het woord 'beschaving', en dat houdt een massa abstracties, symbolen, afspraken in. De ervaring raakt los van de realiteit; de emoties worden voorverteerd en elektrisch; ideeën worden werkelijker dan echte dingen."

Schaine was een beetje beduusd. Ze zei: "Dat is nogal generaliserend."

"Ik vind van niet," zei Kelse rustig.

Elvo zei: "Ik begrijp je bezwaren tegen ideeën niet."

"Ik evenmin," zei Schaine. "Volgens mij zit Kelse zonderling te doen."

"Niet helemaal," antwoordde Kelse. "Stedelingen, die werken met ideeën en abstracties, stellen zich in op onwerkelijkheid. En dan, overal waar het weefsel van de beschaving scheurt, zijn deze mensen even hulpeloos als vissen op het droge."

Elvo loosde een zucht. "Wat kan er onwerkelijker zijn dan hier in de wildernis over de beschaving zitten discussiëren? Ik kan het niet geloven. In het voorbijgaan zou ik kunnen opmerken dat Kelse's beweringen er op wijzen dat hij heel bedreven is in stadse en beschaafde abstracties."

Kelse lachte. "Eveneens in het voorbijgaan zou ik eraan kunnen herinneren dat stadsmensen de leden vormen van de Redemptionistische Alliantie, de Vitatiscultus, de Kosmische Vredesbeweging, het Panortheïsme, en nog een dozijn: allemaal gemotiveerd door abstracties die vijf of zes niveaus van de werkelijkheid af staan."

"De zogenaamde werkelijkheid is zelf een abstractie," zei Elvo.

"Maar wel een abstractie met een verschil, want hij kan je pijn doen, zoals wanneer je luchtwagen neerstort in de wildernis zodat je honderdvijftig kilometer door de woestijn moet lopen. Dat is werkelijk. Tante Vals kamer van de winderigheid in villa Mirasol is niet werkelijk."

"Je zit alleen een lijk te vermoorden," zei Schaine. "Dat iemand met ideeën kan werken betekent niet automatisch dat hij hulpeloos is."

"In een stedelijke omgeving is hij volkomen veilig, hij gedijt er zelfs goed. Maar zulke milieus zijn even teer als spinrag, en als ze breken — chaos!"

Gerd mengde zich in het gesprek. "Denk maar aan de menselijke geschiedenis."

"Heb ik gedaan," zei Kelse. "De geschiedenis beschrijft de verwoesting van een lange reeks stedelijke beschavingen waarvan de bewoners intellectualisme en abstracties verkozen boven vaardigheid in fundamentele kundigheden, zoals zelfverdediging. Of aanvallen, wat dat betreft."

Schaine zei vol weerzin: "Je bent verschrikkelijk zuur en bekrompen geworden, Kelse. Vader heeft wel zijn sporen nagelaten."

"Je kunt jouw theorie ook omdraaien," zei Elvo. "Dan wordt de geschiedenis een opeenvolging van barbaren die hun lompe gedrag afschudden en een briljante beschaving stichten."

"Waarbij ze gewoonlijk oudere beschavingen verwoesten," zei Kelse.

"Of andere, minder capabele barbaren uitbuiten. Uaia is een aanschouwelijk voorbeeld. Hier heeft een groep beschaafde mensen de barbaren aangevallen en geplunderd. De barbaren stonden machteloos tegenover energiewapens en luchtwagens — die trouwens allemaal mogelijk zijn gemaakt door het gebruik van abstracties en gebouwd zijn door stedelingen."

Gerd grinnikte. Schaine vond het een irritant geluid. Ze zei: "Dit zijn alleen maar feiten."

"Maar niet alle feiten. De barbaren zijn niet geplunderd; ze gebruiken hun land even vrij als vroeger. Ik moet bekennen dat martelingen en slavernij zijn tegengegaan."

"Goed," zei Elvo. "Stel je voor dat je een Uldra bent, zonder burgerrechten en onderworpen aan een vreemde wetgeving. Wat zou je doen?"

Gerd dacht na. "Het zou eraan liggen wat ik wilde. Ik zou proberen te bereiken wat ik wilde."

Nog voor het dag werd ging de groep weer op weg. Een groot rif van wolken verhulde het oosten en het viertal liep door een bruin schemerlicht.

Tegen de middag knetterde de bliksem omlaag naar de steilten, die nu eenzame vormen in de zuidelijke verte waren en klamme luchtvlagen bliezen over de vlakte. 's Middags stormde er een regenbui langs die de vier doorweekte en het stof neersloeg. Kort daarna vond de zon spleten in de bewolking en stuurde vreemde scheve lichtbundels naar beneden. Jemasze ging voorop. Hij paste zijn snelheid aan Kelse aan, die steeds erger begon te hinken. Schaine en Elvo drentelden achter de twee jongemannen aan. Als de situatie anders was geweest, als haar vader nog leefde en Kelse niet zo zichtbaar voor iedere stap een beroep op zijn wilskracht had hoeven doen, had ze misschien wel genoten van het avontuur.

Het land helde naar een laagte die bedekt was met hard bleek zand. Aan de verre overkant ervan stond een groep zandstenen pilaren met daarachter een steile wand van roze, mauve en roestkleurige zandsteen. Schaine riep naar Kelse: "Daar is de Onderkant!"

"Alsof we al weer thuis zijn," zei Kelse.

Schaine legde opgewonden aan Elvo uit: "Morgenwake begint aan de rand van die klif. Daarachter ligt ons land — helemaal tot de Volwodes in het noorden."

Elvo schudde triest en afkeurend zijn hoofd. Schaine keek hem verwonderd aan. Ze dacht even na over wat ze gezegd had, en lachte toen maar zei niets. Ze was duidelijk niet instinctief een redemptioniste, of uit overtuiging... Hoe moest ze haar liefde voor Morgenwake verzoenen met het schuldige vermoeden dat ze geen recht had op het landgoed? Kelse en Gerd kenden zo'n wroeging niet. Plotseling vroeg ze Elvo: "Als Morgenwake van jou was: wat zou je dan doen?"

Elvo glimlachte en schudde zijn hoofd. "Het is altijd makkelijker om andermans eigendom af te staan... Ik zou graag geloven dat mijn principes het zouden winnen van mijn hebzucht."

"Dan zou je Morgenwake dus opgeven?"

"Ik weet het echt niet. Ik hoop dat ik dat zou doen."

Schaine wees naar een verzameling tungkeverheuvels die honderd meter naar het westen lagen. "Kijk: in de schaduw daar rechts! Je wou toch een wilde erjin zien — daar staat-ie!"

De erjin was twee meter tien lang, de vacht op zijn massieve armen was geel en zwart geringd. Op zijn kop stonden stijve gouden bosjes weefsel; plooien van staalblauw kraakbeen verborgen bijna de vier kleine ogen in de hals onder het vooruitstekende frontbeen. Het wezen stond onverschillig te kijken zonder angst of vijandigheid te tonen. Gerd en Kelse merkten het beest op. Kelse staarde er gefascineerd naar. Toen hief hij langzaam zijn geweer.

"Gaat hij hem doodschieten?" vroeg Elvo ontsteld. "Het is zo'n magnifiek schepsel!"

"Hij heeft erjins altijd gehaat — vooral nadat hij zijn arm en been verloor."

"Maar deze bedreigt ons niet. Het is bijna moord."

Gerd draaide zich abrupt om en vuurde op een tweetal erjins die uit een paar vetstruiken in het oosten aanvielen. De ene klapte languit neer, anderhalve meter van Schaine en Elvo. Zijn grote handen met de zes vingers maakten krampachtige bewegingen. De andere schoot met een ruk omhoog in een krankzinnige salto achterover en landde met een plof op de grond. De eerste erjin, die als lokaas had gefungeerd, glipte achter de tungheuvels weg voordat Kelse kon richten. Jemasze rende opzij om een beter schootsveld te krijgen, maar het wezen was verdwenen.

Elvo stond naar de trillende massa van de erjin vlak voor hem te kijken. Hij zag de handvoelhoorns, die even gevoelig waren als mensenvingers, en de klauwen die naar buiten kwamen als de erjin zijn vuist balde. Hij bekeek de bronskleurige borstels op de schedel, die volgens sommige autoriteiten telepathische ontvangers waren. Nog één sprong en het dier zou hem bij de keel gegrepen hebben. Bedrukt zei Elvo tegen Gerd: "Dat scheelde maar weinig... Halen ze vaak zulke kunsten uit?"

Jemasze knikte kort. "Het zijn heel sluwe monsters, en ze vergeven je niets. Hoe iemand ze weet te temmen is me een raadsel."

"Misschien is dat geheim Uther Madducs prachtige grap."

"Ik weet niet. Dat zal ik uitzoeken."

"Hoe wou je dat doen?" vroeg Kelse.

"Zodra we op Morgenwake komen, vliegen we terug naar de Sturdevant en halen het log. Dan weten we waar hij geweest is."

Toen de zon onderging sloeg het gezelschap een kamp op tussen de zandstenen pilaren. De zuidgrens van het domein Morgenwake lag nog altijd vijf kilometer noordelijker. Jemasze besloop, doodde en plukte een trapgans van vijf kilo, een wilde afstammeling van geïmporteerde vogels. Schaine en Elvo verzamelden brandhout en legden een vuur aan waarna de vier de stukken vlees aan takken boven de vlammen roosterden.

"Morgen vinden we water," zei Gerd. "Als ik het me goed herinner lopen er drie of vier beken door het zuidelijke deel van Morgenwake."

"Het is ongeveer vijftien kilometer naar het Zuidstation," zei Kelse. "Daar staat een windmolen en misschien kunnen we er wat te eten krijgen. Maar er is helaas geen radio."

"Waar zijn de Ao's?"

"Die kunnen overal zijn, maar ik geloof dat ze naar het noorden trekken. Er is niets aan te doen, we hebben nog altijd een kilometer of honderd voor ons."

"Hoe houdt je been zich?"

"Niet zo best. Maar ik haal het wel."

Elvo ging liggen en staarde naar de sterren. Zijn eigen leven, dacht hij, leek betrekkelijk ongecompliceerd vergeleken met dat van een landbaron... Schaine! Wat ging er om in haar geest? Het ene moment leek ze intens subtiel en meevoelend, en dan weer naïef, en dan gevangen in een emotie waar hij niet bij kon. Hij kon niet ontkennen dat ze moedig en vriendelijk en opgewekt was. Hij kon zich best voorstellen dat hij de rest van zijn leven in haar gezelschap sleet... Op Morgenwake? Daar was hij niet zo zeker van. Zou ze wel ergens anders willen wonen? Dat wist hij ook niet... Nog drie dagen vermoeiend marcheren. Hij wou dat hij Kelse kon helpen. Misschien dat hij 's ochtends onopvallend een deel van Kelse's bepakking op zijn rug kon nemen.

's Ochtends voerde Elvo zijn plan uit. Kelse merkte het en protesteerde, maar Elvo zei: "Gewoon een kwestie van gezond verstand. Je doet toch al twee keer zoveel als ik, en iedereen heeft er belang bij dat jij fit blijft."

Gerd viel hem bij. "Glissam heeft gelijk, Kelse. Ik draag liever je bepakking dan jou."

Kelse zei niets meer. De groep vervolgde zijn weg en kwam een uur later aan de voet van de Zuidrand. Via een droge bedding klommen ze honderdvijftig meter hoog. Daarna kwam een vijfentwintig meter afbrokkelende, samengepakte steensoorten en toen stonden ze eindelijk bovenop. Achter hen strekte het Oudland zich uit, dat in de nevel in het zuiden opging; voor hen uit glooide de helling naar een prettig dal begroeid met groengom, drakenoog, tengere groenzwarte gadroon en bossen oranje vandalia. Vijftienhonderd meter verder glinsterde het zonlicht in een ondiepe plas. "Morgenwake!" riep Schaine schor. "We zijn thuis."

"Met nog maar negentig kilometer voor de boeg," zei Kelse.

Jemasze keek om naar het Oudland. "Het ergste hebben we gehad. De rest moet makkelijker gaan."

Deze dag sjokten ze zwijgend over de prairie; de volgende zwoegden ze op en af de Toermalijnheuvels. Kelse liep nu met onbeholpen wankelende passen. Ze brachten een lange, bezwete ochtend door in het moeras ten noorden van het Hemelbloemenmeer. 's Middags worstelde de groep zich door een massa grove kruipranken naar vaste grond. Hier rustten ze uit. Kelse keek in de verte. "Nog tweeëntwintig kilometer... dat halen we vandaag niet meer. Misschien is het beter als jullie doorgaan naar het huis en een wagen terugsturen om mij op te halen."

"Ik wacht hier met jou," zei Schaine. "Het is een goed idee."

Gerd Jemasze zei: "Dat zou het zijn als we niet bespioneerd werden." Hij wees naar de lucht. "De afgelopen twee dagen heb ik driemaal een luchthaai in de wolken zien hangen."

Allemaal keken ze naar boven. "Ik zie niets," zei Schaine.

"Op dit moment zit hij achter die wolk."

"Maar wat zou hij van ons willen? Als hij kwaad in de zin heeft, waarom schiet hij dan niet?"

"Ik denk dat hij ons levend wil vangen. Of sommigen van ons. Als we uit elkaar gingen, zouden zijn kansen sterk verbeteren. Misschien is er zelfs een nieuwe bende Hunge onderweg om ons te onderscheppen voor we bij Morgenwake komen."

Schaine zei met gedempte stem: "Zouden ze zich zo ver van het Oudland wagen? Onze Ao's zouden ze vermoorden."

"Maar de luchthaai kan de Ao's in de gaten houden en ze waarschuwen."

Elvo maakte zijn lippen nat. "Ik voel er niets voor om nu nog gevangen te worden. Of gedood."

Kelse krabbelde overeind. "Laten we gaan."

Twintig minuten later zocht Gerd opnieuw het landschap af. Toen hij zijn kijker op het noordwesten richtte verstarde hij. Hij wees. "Uldra's. Een stuk of twintig."

Schaine tuurde vermoeid door de roze stofnevel. Opnieuw vechten, nieuwe doden, en in deze streek met struiken en vandalia was er weinig hoop — helemaal geen hoop — dat ze een aanval konden afslaan. Nog tweeëntwintig kilometer naar Morgenwake — zo dichtbij en toch zo ver.

Elvo was tot dezelfde conclusie gekomen. Zijn gezicht werd grijs en oud; een schor geluid ontwrong zich aan zijn keel.

Gerd gebruikte zijn kijker weer. "Ze rijden op criptiden."

Schaine liet haar adem ontsnappen. "Dan zijn het Ao's!" Gerd knikte. "Ik zie hun hoofdtooi. Witte pluimen. Het zijn Ao's."

Schaine snikte met een schurend geluid. Elvo vroeg met een zachte, benauwde stem: "Zijn ze vijandig?"

"Nee," zei Kelse kortaf.

De ruiters naderden met een spoor van stof achter zich. Gerd bestudeerde de hemel. "Daar gaat-ie!" Hij wees naar een minuscule stip tussen de wolken die langzaam naar het westen dreef, toen snelheid maakte en even later verdwenen was.

De Ao's op de vlot en laag bij de grond dravende criptiden* vormden een rituele cirkel om de groep. Ze stopten; een oude man, die iets kleiner en steviger was gebouwd dan de gemiddelde Uldra, stapte af en kwam naar voren. Schaine pakte zijn hand. "Kurgech! Ik ben weer thuis op Morgenwake!"

Kurgech raakte haar hoofd aan met een gebaar dat deels een groet, deels een liefkozing was. "Het doet ons genoegen u thuis te zien, meesteres."

Kelse zei: "Uther Madduc is dood. Hij is neergeschoten door een luchthaai boven de Dramalfo."

Kurgechs grijze gezicht — hij gebruikte geen azuurolie — vertoonde geen enkele emotie en Schaine begreep dat het nieuws zijn geest al had bereikt. Ze vroeg: "Weet je wie mijn vader vermoord heeft?"

---

* Criptide: een lange, lage, van slofvoeten voorziene variëteit van het aardse paard. De Uldra's van het Oudland versmaden criptiden; zij vinden deze rijdieren alleen geschikt voor wittols, seksuele afwijkelingen en vrouwen.

"Die kennis heeft mij niet bereikt."

Naar voren hobbelend zei Kelse hees: "Zoek naar die kennis, Kurgech. Als het komt — vertel het mij dan."

Kurgech knikte kort, wat van alles kon betekenen. Toen draaide hij zich om en wenkte vier stamleden, die afstegen en hun criptiden naar de vier jonge mensen brachten. Gerd hees Kelse in het zadel. Schaine zei tegen Elvo: "Blijf rustig zitten en hou je vast; je hoeft het dier niet te leiden."

Ze klom zelf op een criptide, net als Gerd, en de vier Ao's deelden een rijdier met stamgenoten. Daarna reed het hele gezelschap weg.

Twee uur later, voorbij de Skaw en na de Zuidsavanne, zag Schaine haar thuis. Ze knipperde de tranen weg maar kon haar opgekropte emoties niet meer onderdrukken. Ze keek naar Kelse, die naast haar reed. Zijn gezicht was vertrokken van pijn en even grijs als dat van Kurgech; ook zijn ogen glinsterden. Gerd Jemasze's donkere gezicht was ondoorgrondelijk; wie kon hem peilen? Elvo Glissam was veel te beleefd om zijn opluchting op een overdreven manier te laten blijken en zweeg ernstig. Schaine bekeek hem heimelijk. Ondanks dat hij geen ervaring had met de wildernis, had hij zich helemaal niet te schande gemaakt. Kelse mocht hem wel, dat was duidelijk te merken, en zelfs Gerd behandelde hem als een mens. Als hij terugging naar Olanje kon hij zijn leven lang op zijn herinneringen teren.

En daar vooruit: Morgenwake, sereen tussen hoge, slanke groengombomen en koninklijke eiken met opzij de boordevol stromende Chipchap: het landschap van een dierbare droom, een plek die altijd even kostbaar zou blijven. En weer werden Schaine's ogen wazig van tranen.

Hoofdstuk V

In de loop van tweehonderd jaar was Morgenwake gebouwd en verbouwd, uitgebreid, aangebouwd, gemoderniseerd, onderworpen aan een dozijn veranderingen en verbeteringen naarmate iedere volgende landbaron op zijn beurt een spoor van zijn identiteit op het erfslot wilde achterlaten. Morgenwake was dan ook niet uniform van stijl en bood onder iedere hoek een andere aanblik. Het dak van het centrale gebouw was hoog en steil met een tiental spitse koekoeken, een klein, eigenaardig observatiedek dat op de Wilde Kwartelkoningvijver uitkeek, en met op de hoge centrale nok een rij zwarte ijzeren geestenjagers in de vorm van klaverbladen. Tegen beide flanken was een onregelmatige vleugel van twee lagen met veranda's boven en beneden aangebouwd; de dubbele zuilenrijen waren overwoekerd door arabellaranken. De balken waren van gadroonhout uit het Elfenbos; de rabatdelen aan de buitenkant waren van even duurzaam groengom; de trappen, trapleuningen, vloeren, de sierlijsten en de lambriseringen waren gemaakt van ijzerhout, parelsachuli, verbane, djati uit Szintarre. De kroonluchters, het meubilair en de kleden waren geïmporteerd, niet uit Olanje (waarvan men de producten goedkoop en sjofel vond) maar van een van de verre Oude Werelden.

Het centrale gebouw bevatte de grote zaal die het hart van Morgenwake vormde, waar de familie belangrijke gebeurtenissen vierde, gasten ontving en 's avonds at in een sfeer die Schaine zich herinnerde als plechtig en stijf. Iedereen kleedde zich er speciaal voor; de tafel was gedekt met broos porselein, zilver en kristal; het gesprek beperkte zich tot waardige onderwerpen en inbreuken op het decorum werden niet geduld. Als kind had Schaine deze maaltijden stomvervelend gevonden en ze begreep nooit waarom Muffin er niet mocht eten, terwijl zijn fantasieën en grappen de zaak zeker zouden hebben opgevrolijkt. Maar Muffin werd buitengesloten; hij at in zijn eentje in de keuken.

Toen Schaine elf was verdronk haar moeder bij een ongeluk met een boot op het Schaduwmeer en het diner in de grote zaal werd ingetogen in plaats van alleen welvoeglijk. Uther Madduc werd nors en onredelijk, wat Schaine onverklaarbaar vond; dikwijls werd haar woede gewekt en soms werd ze zelfs opstandig. Niet dat ze niet van haar vader hield. Schaine was te warm van aard om niet te houden van alles wat met haar leven verband hield. Toch had ze zich voorgenomen dat haar vader een lesje moest krijgen hoe hij met mensen moest omgaan en niet zo arrogant tegen de Uldra's moest doen, vooral niet tegen arme Muffin.

Toentertijd was Uther Madduc een opvallende man geweest, lang en kaarsrecht, met dik grijs haar in een stijlvol kapsel van elegante eenvoud, heldere grijze ogen, een klassiek regelmatig gezicht. Hij was niet vlot en gezellig geweest. Schaine herinnerde zich hem als een man met een piekerende verbeelding en plotse opwellingen, tegelijk kalm en rusteloos, en hij miste ieder talent voor uitbundig gedrag, of de lust daartoe. De zeldzame keren dat hij nijdig was bleef hij koud en beheerst, en zijn woede had geen merkbaar staartje; Schaine en Kelse waren nooit door hem gestraft, behalve misschien op die laatste beslissende nacht, als je het als een straf kon opvatten dat zij naar een dure kostschool op Tanquil was gestuurd. Ja echt, dacht Schaine, ik was een arrogant, brutaal, verwaand klein nest... en toch, en toch...

Kelse en Gerd waren in de vrachtwagen van Morgenwake weggevlogen om de Sturdevant en de Apex te bergen. Twee van Gerds neven en twee Aose boerenknechten gingen mee. Op het vrachtdek was een automatisch kanon geplaatst om aanvallen van luchthaaien af te slaan. Elvo Glissam was niet uitgenodigd en hij had zijn diensten niet aangeboden. Nu genoten hij en Schaine van een gemoedelijk ontbijt onder de groengombomen. Hij zei tegen Schaine: "Denk vooral niet dat je me bezig moet houden; ik begrijp best dat je honderd andere dingen te doen hebt."

Schaine grijnsde. "Daar maak ik me geen zorgen over, hoor. Ik heb je al een wilde erjin laten zien, zoals ik had beloofd — en wat die honderd andere dingen betreft, ik ben niet van plan er de eerste dagen aan te denken, misschien wel helemaal nooit. Wie weet, misschien besluit ik wel dat ik een maand of twee helemaal niets doe."

"Als ik nu terugdenk," zei Elvo, "kan ik niet geloven dat het allemaal echt gebeurd is."

"Het is in ieder geval een manier om beter kennis te maken," zei Schaine. "Op een mars van vijf dagen is een zekere intimiteit onvermijdelijk."

"Ja. Althans met jou, en met Kelse. Gerd Jemasze — ik weet niet. Hij verbaast me."

"Mij niet minder, en ik ken hem mijn hele leven al."

"Ik zou zweren dat hij ervan geniet om Uldra's te doden," zei Elvo. "Het lijkt schriel om op zijn motieven te vitten. Hij heeft ons levend thuisgebracht — zoals je al voorspelde."

"Hij is niet bloeddorstig," zei Schaine. "Hij ziet de Hunge gewoon niet als mensen, vooral niet als ze ons aanvallen."

"Hij stelt me voor een raadsel," zei Elvo nadenkend. "Mensen doden is nu eenmaal niet een van mijn talenten."

"Je hebt je uitstekend geweerd," zei Schaine. "Kelse en Gerd hebben allebei respect voor je, en ik ook, dus vreet je niet op om denkbeeldige gebreken."

"O, dat doe ik niet. Maar ik vind niet dat ik iets belangrijks heb gedaan."

"Je hebt niet geklaagd. Je hebt je deel van het werk gedaan en meestal meer; je bleef altijd even opgewekt. Ik vind dat allemaal heel prijzenswaardig."

Elvo maakte een onverschillig gebaar. "Onbetekenende dingen. Ik ben weer terug in een omgeving die me beter bevalt, en al mijn eventuele goede kwaliteiten hebben zich weer verstopt."

Schaine keek naar de Zuidsavanne. "Vind je het hier op Morgenwake echt prettig?"

"Ja, natuurlijk."

"En je verveelt je niet?"

"Niet met jou hier." Zijn blik was onmiskenbaar vurig.

Schaine glimlachte afwezig. "Het is heel stil op Morgenwake sinds mijn moeder stierf. Vroeger waren er iedere week feesten. We hadden altijd gasten, van de andere domeinen, uit Olanje, zelfs van buiten de planeet. Een paar keer per jaar hielden de Ao's een karoo. We gingen vaak naar het huisje bij het Tweelingmeer, of naar de Sneeuwbloemhut in de Suanisetpieken. We hadden altijd opwinding en plezier — voordat mijn moeder stierf. Je moet niet denken dat wij als kluizenaars leven."

"En toen?"

"Vader werd — nou ja, nogal teruggetrokken. Toen ging ik naar Tanquil, en de afgelopen vijf jaar is het hier heel stil geweest. Kelse zegt dat vaders beste vriend al die tijd Kurgech was!"

"En nu?"

"Ik zou willen dat Morgenwake weer een gelukkig huis wordt."

"Ja, dat zou prettig zijn. Alleen —" Hij ging niet verder.

"Alleen wat?"

"Ik heb zo'n vermoeden dat de dagen van de grote domeinen geteld zijn."

Schaine trok een lelijk gezicht. "Wat een naargeestig idee."

Kelse en Gerd kwamen terug met de wrakken van de Apex en de Sturdevant op sleeptouw op zweefmodules. Het lijk van Uther Madduc lag in een doodskist van wit glas en Kelse had een aantekenboekje bij zich dat hij in een van de kastjes had gevonden.

Twee dagen later vond de begrafenis plaats. Uther Madduc werd ter aarde besteld in het familiegraf aan de andere kant van de Chipchap in het park naast het Elfenbos. Tweehonderd vrienden van de familie, verwanten en mensen van aangrenzende domeinen kwamen Uther Madduc de laatste eer bewijzen.

Elvo zag het gefascineerd aan, zich hogelijk verwonderend over het gedrag van deze mensen die zo anders waren dan hij. De mannen vond hij een nuchter stel terwijl de vrouwen een zekere kwaliteit misten die hij niet nader kon bepalen. Wufte berekening? Ondeugd? Gekunsteldheid? Zelfs Schaine leek nogal wat directer dan hem lief was, zodat er weinig ruimte overbleef voor plagerijen of flirten of een van de andere subtiele spelletjes waar de stadse samenleving zo amusant door werd. Beter? Slechter? Aanpassing aan de omgeving?

Glissam wist alleen dat hij Schaine even mooi vond als een magnifiek natuurgebeuren, als een zonsopgang, of de branding, of sterren in de hemel van middernacht.

Hij ontmoette tientallen mensen: neven, tantes, ooms, met hun zonen en dochters, en vaders en moeders, en neven, tantes en ooms van wie er geen hem bijbleef. Hij zag geen tekenen van smart, of haat tegen de moordenaar; de overheersende stemming leek een grimmig smeulen dat naar Elvo's mening weinig goeds voorspelde voor een vergelijk met de redemptionisten.

Hij luisterde naar een gesprek tussen Kelse Madduc en Lilo Stenbaren van Domein Doradus. Kelse was aan het woord: "— geen willekeurige, toevallige daad. Er zat een plan achter, en nauwkeurige berekening. Eerst Uther, dan wij."

"Hoe staat het met de 'prachtgrap' uit de brief? Is er een verband?"

"Niet te zeggen. We hebben de autopiloot uit de Sturdevant gehaald en we zullen de route van mijn vader natrekken, en misschien achterhalen we zijn prachtgrap nog wel."

Kelse haalde Elvo erbij en stelde de twee aan elkaar voor. "Het spijt me te moeten zeggen dat Elvo Glissam er schaamteloos voor uitkomt dat hij redemptionist is."

Dm. Stenbaren lachte. "Van veertig jaar geleden herinner ik mij een 'Genootschap voor een Rechtvaardig Uaia', van tien jaar later een 'Verbond tegen de Landrovers', en weer iets later een groep die zich eenvoudig 'Apotheose' noemde. En nu hebben we dus de Redemptionisten."

"En dit alles weerspiegelt een diepgaande en duurzame bezorgdheid," merkte Elvo op. " 'Fatsoen', 'vrijwaring van plundering', 'rechtvaardigheid', 'teruggave van buitgemaakte bezittingen' zijn tijdloze denkbeelden."

"Van denkbeelden hebben wij geen last," zei Dm. Stenbaren. "Wat mij betreft mag u ze blijven huldigen."

De ochtend na de begrafenis dook er een schitterende blauwe Hermes luchtboot met zilveren vlamstaven en een opzichtige spriet van anderhalve meter omlaag en zonder zich te storen aan het landingsterrein, daalde hij neer op de promenade recht voor Morgenwake.

Toen Schaine uit de bibliotheek naar buiten keek, zag ze de luchtboot op het grind en ze wist dat Kelse zich zou ergeren, vooral omdat
de bestuurder Jorjol was, die beter moest weten.

Jorjol sprong eruit en stond Morgenwake even op te nemen met het
air van iemand die aankoop overweegt. Hij droeg een licht gekleurde
leren spleetrok, leren sandalen, een bol van rotskristal op zijn rechter grote teen en de 'brasmuts' van een Garganche-dappere. Dit was
een gecompliceerde contraptie van zilveren staven waar Jorjols wit-
gebleekte haar doorheen gebonden en gevlochten was, voorzien van
kwasten. Hij had zich met verse azuurolie behandeld en zijn huid
straalde even blauw als de lak van zijn Hermes.

Schaine schudde haar hoofd van geamuseerde ergernis. Ze ging het
voorplein op om hem te verwelkomen. Hij liep naar haar toe, pakte
haar handen, boog zich voorover en kuste haar op het voorhoofd. "Ik
hoorde van je vaders dood, en ik vond dat ik mijn medeleven moest
komen betuigen."

"Dank je wel, Jorjol. Maar de begrafenis was gister."

"Weet ik. En toen was je druk met tientallen van de saaiste mensen
die ik me kan voorstellen. Ik wilde me tegenover jou uitdrukken."

Schaine lachte toegeeflijk. "Prima. Druk je maar uit."

Jorjol hield zijn hoofd scheef en keek haar scherp aan. "Met betrekking tot je vader moet ik je natuurlijk condoleren. Hij was een sterke
man, die eerbied verdiende — ook al stond ik lijnrecht tegenover zijn
standpunten, zoals je weet."

Schaine knikte. "Wist je dat hij gestorven is voordat ik de kans kreeg
met hem te praten? Ik kwam naar huis met de hoop dat hij zachtaardiger, meegaander zou zijn geworden."

"Zachtaardiger? Meegaander? Redelijker? Rechtvaardiger? Hah!"
Jorjols fraaie kop schoot naar achter alsof hij de overledene wilde tar-
ten. "Ik geloof van niet. En ik betwijfel of Kelse ook maar een grein
verandering wil. Waar is hij?"

"Hij zit in het kantoor en is druk met de boeken."

Jorjol keek de typische oude gevel van Morgenwake langs. "Het huis
is nog even plezierig en uitnodigend als altijd. Ik vraag me af of je wel
beseft hoe gelukkig je bent."

"O ja, zeker."

"En ik heb me vast voorgenomen dit tijdperk aan zijn eind te helpen."

"Kom toch, Jorjol, mij hou je niet voor de gek. Je bent gewoon Muffin in sjieke kleren."

Jorjol grinnikte. "Ik moet toegeven dat ik voor de helft gekomen ben om medeleven te betuigen en voor de andere helft — meer nog — om jou te zien. Om je aan te raken." Hij deed een stap naar voren. Schaine ging achteruit.

"Niet impulsief worden, Jorjol."

"Aha! Maar het is geen impuls! Ik ben vastberaden en wijs, en je weet wat ik voor je voel."

"Ik weet wat je voor me voelde," zei Schaine, "maar dat was vijf jaar geleden. Ik ga Kelse vertellen dat je er bent. Hij zal je willen spreken."

Jorjol stak zijn hand uit en hield haar tegen. "Nee. Laat Kelse maar met zijn boeken zwoegen. Ik ben voor jou gekomen. Laten we naar de rivier lopen waar we alleen kunnen zijn."

Schaine keek neer op de lange blauwe hand met de lange vingers en zwarte nagels. "Het is bijna tijd voor de lunch, Jorjol. Misschien daarna. Je blijft toch eten, niet?"

"Ik zal met plezier met jou lunchen."

"Ik zal Kelse halen. En hier hebben we Elvo Glissam, die je bij tante Val hebt ontmoet. Ik ben zo weer terug."

Schaine ging naar het kantoor. Kelse keek op van de telmachine. "Jorjol is er."

Kelse knikte kortaf. "Wat wil hij?"

"Hij sprak heel aardig over vader. Ik heb hem voor het eten uitgenodigd."

Door het raam zagen ze Jorjol en Elvo op het gras onder de parasolbomen verschijnen. Kelse kwam met een brommend geluid overeind.

"Ik zal wel met hem praten. We eten op het terras aan de oostkant."

"Wacht, Kelse, laten we vriendelijk zijn tegen Jorjol. Hij verdient dat hij net zo behandeld wordt als andere gasten. Het is warm en de grote zaal zou precies geschikt zijn."

Kelse zei geduldig: "In tweehonderd jaar is er geen Uldra in onze grote zaal gekomen. Ik wil die traditie niet verbreken. Zelfs niet voor Jorjol."

"Maar het is een wrede traditie en niet waard om in stand te houden.

Wij zijn geen kwezels, jij en ik, anders dan vader. Laten wij een redelijker leven leiden."

"Ik ben geen kwezel; ik ben juist heel redelijk. Ik besef dat Jorjol heel sluw dit moment heeft uitgekozen — deze dag — om een poging te doen ons te laten buigen. Dat zal hem niet lukken."

"Ik begrijp je niet!" riep Schaine verwoed. "We kennen Jorjol al sinds we kleine kinderen waren. Hij heeft je leven gered met gevaar voor zichzelf en het is gewoon absurd dat hij niet samen met ons mag eten zoals alle andere mensen."

Met gefronste wenkbrauwen keek Kelse haar onderzoekend aan. "Het verbaast me dat je de betekenis hiervan niet doorziet. Wij hebben Morgenwake niet behouden dankzij de welwillendheid van andere mensen, maar doordat wij sterk genoeg zijn om te beschermen wat van ons is."

Vol weerzin zei Schaine: "Je hebt met Gerd gesproken. Hij is nog erger dan vader."

"Schaine, mijn naïef zustertje, je begrijpt eenvoudig niet wat er gebeurt."

Schaine bedwong haar ergernis. "Ik weet dit: Jorjol de Grijze Prins is overal in Olanje welkom; het lijkt me vreemd dat hij hier, waar hij opgegroeid is, niet even goed behandeld kan worden."

"De omstandigheden zijn anders," zei Kelse geduldig. "In Olanje hebben ze niets te verliezen, de mensen kunnen zich de luxe van abstracte principes veroorloven. Wij zijn outkers middenin de Alouan; als we aarzelen, zijn we er geweest."

"Waarom zou dat moeten inhouden dat wij Jorjol niet op een beschaafde manier kunnen ontvangen?"

"Omdat hij hier niet op een beschaafde manier is! Hij is gekomen als een Blauwe uit het Oudland. Als hij hier in de kleren van een outker kwam, en zich als een outker gedroeg en niet naar azuurolie stonk — met andere woorden, als hij als outker kwam, dan zou ik hem als outker behandelen. Maar dat doet hij niet. Hij komt pronken met zijn Uldrase kleren, met zijn blauwe huid, met zijn redemptionistische vooroordelen — kortom, hij daagt mij uit. Ik reageer. Als hij van de voorrechten van een outker wil profiteren, zoals in onze grote zaal eten, dan moet hij zich naar mijn maatstaven respectabel gedragen. Zo eenvoudig is het."

Schaine wist niets te zeggen. Ze wendde zich af. Kelse zei: "Ga met Kurgech praten, vraag zijn mening. Nee, laten we Kurgech vragen met ons mee te eten."

"Nu probeer je Jorjol echt te beledigen."

Kelse lachte bitter. "Ja, óf het een, óf het ander. Niet allebei tegelijk! We mogen de ene Uldra niet uitnodigen want dat zou de andere beledigen."

"Je houdt geen rekening met Jorjols opinie van zichzelf — zijn beeld van zichzelf."

"En hij is vastbesloten mij dat beeld op te dringen. Daar pas ik voor. Ik heb hem niet uitgenodigd; als hij uit eigen beweging komt, moet hij zich aan ons aanpassen, niet wij aan hem."

Schaine beende de kamer uit en terug naar het voorplein. "Kelse zit tot over zijn oren in de boeken," zei ze tegen Jorjol. "Hij laat zich verontschuldigen en verheugt zich erop je bij het eten te zien... Laten we naar de rivier wandelen."

Jorjols gezicht vertrok. "Uitstekend; jij mag het zeggen. Ik zie de omgeving van mijn gelukkige jeugd heel graag terug."

De drie slenterden langs de rivier naar het Schaduwmeer waar Uther Madduc een botenhuis had gebouwd waarin drie scheerzeilen lagen. Elvo Glissam gedroeg zich als gewoonlijk; Jorjols stemming veranderde met de minuut. Soms babbelde hij even luchthartig en charmant als Elvo, dan zuchtte hij en werd melancholiek over een herinnering aan zijn jeugd, om dan weer heel fel met Elvo over een onbelangrijk punt te debatteren. Schaine zag het gefascineerd aan, zich verwonderend over de emoties die door de fiere smalle schedel kolkten. Ze zou niet in haar eentje met Jorjol hebben willen wandelen, want hij zou zeker vurig zijn geworden.

Jorjol had de pest dat Elvo mee was gegaan en het kostte hem zichtbaar moeite om dat te verbergen. Een paar keer dacht Schaine dat hij op het punt stond Elvo te vragen of hij niet wilde opkrassen, maar dan kwam ze gauw tussenbeide.

Ten slotte berustte Jorjol in de situatie en begon een nieuwe reeks stemmingen aan de dag te leggen: spottend, zichzelf beklagend, sentimenteel, terwijl de omgeving voorvallen uit zijn kinderjaren boven bracht. Schaine begon zenuwachtig te worden en zich te schamen; het lag er zo dik op dat hij poseerde. Ze wilde hem plagen om hem een beetje bij zijn verstand te brengen, maar daarmee kwetste ze hem misschien en riep dan een nieuw hartstochtelijk drama op. Daarom hield ze haar mond maar. Met een ondoorgrondelijk braaf gezicht hield Elvo het gesprek bijna dolzinnig onpersoonlijk, wat hem menige verachtelijke blik van Jorjol opleverde.

Ondertussen liep Schaine zich af te vragen hoe ze moest vertellen dat er niet in de grote zaal gegeten zou worden. Het probleem loste zichzelf op. Toen ze rond het huis kwamen, was de eettafel op het gazon aan de oostkant duidelijk zichtbaar en Kelse stond in de buurt te praten, niet alleen met Kurgech maar ook met Julio Tanch, de baas over het vee. Beide Uldra's droegen outkerkleren, een keperen broek, laarzen en een wijd wit overhemd. Geen van de twee had zijn huid geolied.

Jorjol bleef bruusk staan en staarde de drie mannen aan. Langzaam liep hij verder. Kelse stak zijn hand op in een beleefde groet. "Jorjol, je kent Kurgech en Julio nog."

Jorjol knikte afgemeten. "Ik herinner me ze allebei goed. Veel water is sinds onze laatste ontmoeting door de Chipchap gestroomd." Hij richtte zich in zijn volle lengte op. "Er zijn veranderingen voorgevallen. Er komen er nog meer."

Kelse's ogen glinsterden. "We gaan de moordaanslagen vanuit het Oudland een halt toeroepen. Dat is één verandering. Misschien merk je op een goeie dag dat het Oudland verdwenen is en ligt de hele Alouan vol Verdragslanden. Dat is een andere verandering."

Schaine riep uit: "Alsjeblieft, laten we allemaal gaan eten."

Jorjol stond er star bij. "Ik voel er niet voor in de buitenlucht te eten als een bediende. Ik eet liever in de grote zaal."

"Ik ben bang dat dat niet mogelijk is," zei Kelse hoffelijk. "Geen van ons is ervoor gekleed."

Schaine legde haar hand op Jorjols arm. "Muffin, doe alsjeblieft niet moeilijk. Geen van ons is een bediende; we eten buiten omdat we dat willen."

"Daar gaat het niet om! Ik ben een man van goede naam en faam en ik ben even goed als iedere outker, en ik wil waardig behandeld worden!"

Kelse antwoordde op neutrale toon: "Als je hier in outkerkleren komt, als je respect toont voor onze gewoonten en gevoeligheden, dan verandert de situatie."

"Aha! Zo — hoe staat het dan met Kurgech en Julio? Zij voldoen aan die maatstaven; neem hen mee naar de grote zaal en geef ze te eten, dan eet ik hierbuiten in mijn eentje."

"Bij een gepaste gelegenheid zou dit kunnen gebeuren, maar niet vandaag."

"In dat geval," zei Jorjol, "kan ik niet met jullie lunchen, en ik zal nu weggaan om me aan mijn bezigheden te wijden."

"Zoals je wilt."

Schaine liep met Jorjol mee naar de Hermes. Bedrukt zei ze: "Het spijt me dat het zo akelig gelopen is. Maar echt, Jorjol, je had niet zo lichtgeraakt hoeven te doen."

"Ach! Kelse is een ondankbare hond en een idioot. Denkt hij soms dat hij me bang maakt met zijn grote leger? Op een dag zal hij wel merken hoe de zaken gaan!" Hij greep haar schouders beet. "Jij bent mijn lieve Schaine. Kom nu met mij mee! Spring in de luchtboot, dan laten we ze allemaal stikken."

"Muffin, doe niet zo gek. Ik peins er niet over."

"Vroeger wel!"

"Lang, heel lang geleden." Ze ging achteruit toen Jorjol haar probeerde te zoenen. "Muffin, laat dat."

Jorjol was stram van aandoening en hij hield haar zo stevig vast dat ze kromp van de pijn. Een geluid: Jorjol keek wild naar het huis. Hij zag Kurgech kennelijk verloren in gepeins naar hen toe drentelen. Schaine rukte zich los.

Jorjol sprong in de Hermes als iemand die alles verloren heeft en schoot weg. Schaine en Kurgech keken hoe het voertuig in het westen verdween. Toen keek zij onderzoekend in het doorgroefde grijze gezicht. "Wat bezielt Jorjol? Hij is zo wild geworden, zo overdreven!" Tegelijk besefte ze dat hij altijd wild en overdreven was geweest.

Kurgech zei: "Hij ruikt naar het noodlot; hij draagt het onheil op zijn rug zoals een dier haar jong."

"Er zitten veranderingen in de lucht," zei Schaine. "Ik voel het; ze drukken op ons allemaal. Wat voelen de Ao's? Willen zij dat wij van Morgenwake weggaan?"

Kurgech keek naar het zuiden, over het land dat duizenden jaren van de Ao was geweest. "Zekere jongelieden hebben naar de wittols geluisterd; ze apen de Grijze Prins na en noemen zich de Voorhoede van de Uldrase Natie. Anderen vinden dat de Alouan te groot is om beïnvloed te worden door woorden. Als de outkers het land opeisen, uitstekend; laat ze dat maar doen. Het kost ons weinig en het heeft voordelen voor ons. Dan roept de Voorhoede uit: 'Maar de toekomst dan, wanneer er honderden nieuwe landhuizen worden gebouwd, en wij de woestijn in worden gedreven? Dit is ons land, dat van ons gestolen is en wij moeten het nu terugnemen!' En de andere groep zegt: 'Deze honderden nieuwe landhuizen zijn nergens te vinden; is er nog niet genoeg ellende in de wereld dat we nieuwe ellende moeten bedenken?' En zo wordt er gepraat."

"En over vandaag, toen Jorjol in de grote zaal wilde eten?"

"Jorjol vroeg te veel."

"En jijzelf? Wil jij in de grote zaal eten?"

"Als ik uitgenodigd werd, zou het mij een eer zijn om het te aanvaarden. De grote zaal is een heiligdom dat niemand zou mogen schenden. Uther Madduc wist waar onze kachemba's zijn: hij had ze vele malen kunnen schenden, maar dat heeft hij nooit gedaan. Als hij bepaalde riten had ondergaan, en ceremoniële kleding had gedragen, en in de juiste gemoedstoestand was gearriveerd, dan had hij al onze heilige plaatsen kunnen bezoeken, behalve die aan hemzelf gewijd zijn, en dat alleen voor zijn eigen veiligheid. Hij zou mij zeker outkerkleren hebben geleend en mij in zijn grote zaal hebben genood als ik hem dat had gevraagd."

Schaine tuitte bedenkelijk de lippen. "Vader was een streng man."

"Op een dag hoor je misschien de waarheid."

Schaine schrok. "Over wat?"

"Als de tijd rijp is zul je het weten."

Het eten werd opgediend door Wonalduna en Saravan, twee leden van de voortdurend wisselende groep Aose meisjes die kozen om een jaar of twee in het grote huis te werken. De kokkin van Morgenwake was Hermina Lingolet, een achternicht van Kelse en Schaine die zichzelf net als Reyona Werlas-Madduc zag als lid van de familie en niet als bediende. Voor de lunch had zij een gepeperde *halash* of hutspot naar Aose stijl bereid, met een garnering van wilde peterselie, een schotel gestoomde gerst en een salade van verse kruiden uit de moestuin. Pas toen Elvo over erjins en hun intelligentie begon, kwam er schot in het gesprek. Kurgech vertelde anekdotes: vier erjins, die telepathisch met elkaar contact hielden, poogden een groep Somajji ruiters in een hinderlaag te lokken; een gevecht tussen erjins en morfoten; een ontmoeting met een erjin op een smal bergpad.

Zo ging de lunch voorbij. Zonder een waarneembaar teken stonden Julio en Kurgech tegelijk op, bedankten beleefd en groetten. Kelse, Elvo en Schaine bleven in de aangename koelte onder de groengombomen zitten. Schaine zei: "Nou, de lunch is afgelopen, en alweer is Muffin buiten de grote zaal gesloten. Ik vraag me af wat er in hem omgaat."

"De duivel hale Muffin — of Jorjol — of de Grijze Prins, hoe hij zich ook mag noemen," zei Kelse geprikkeld. "Ik wou dat hij terugging naar Olanje en daar bleef. Hij kan naar net zoveel outkerfeesten gaan als hij wil."

Elvo zei behoedzaam: "Hij is heel actief, op zijn zachtst gezegd."

"Hij is gek," gromde Kelse. "Megalomanie, waanideeën, hysterie — hij heeft het allemaal te pakken."

Schaine keek naar de savanne. "Wat kan hij bedoeld hebben met het 'grote leger' dat jij op de been brengt?"

Kelse grijnsde zuur. "Zijn spionnen vertellen hem meer dan wij zelf weten. Dat 'grote leger' is niets anders dan een paar krabbels op papier. Gerd en ik hebben zitten werken aan een plan dat we nog een paar weken geheim hoopten te houden."

"Ik ben eigenlijk niet nieuwsgierig naar je geheimen."

"Het is geen echt geheim: het is juist een voor de hand liggende stap die we jaren geleden al hadden moeten nemen. Politieke organisatie. Gerd en ik hebben een voorlopig handvest van federatie uitgewerkt."

"Dat is een hele onderneming," zei Elvo. "Jullie twee moeten het druk hebben gehad."

"Iemand moet in actie komen. We hebben alle domeinen opgebeld; iedereen zonder uitzondering is voor politieke eenheid. Jorjol heeft er natuurlijk van gehoord en neemt voetstoots aan dat we militaire plannen maken."

"Wat natuurlijk het geval is," zei Schaine.

Kelse knikte. "We willen onszelf beschermen."

Elvo vroeg voorzichtig: "Wat denken jullie van de Mull? Heeft die niet het gezag over de Verdragslanden?"

"In theorie wel. In de praktijk niet. Als de Mull zich met zijn eigen zaken bemoeit, doen wij dat ook."

Elvo zweeg. Schaine slaakte een bedroefde zucht. "Alles lijkt zo broos en onzeker. Als we maar het gevoel hadden dat Morgenwake werkelijk van ons was."

"Het is van ons totdat we het ons laten afpakken. En dat gebeurt niet."

Hoofdstuk VI

Schaine en Elvo gingen een rijtoer maken op criptiden. Kelse stond erop dat ze geweren meenamen en zich door twee knechten lieten vergezellen. Dit ergerde Schaine. Maar toen ze naar de Skaw in het zuiden reden, gaf ze toe dat het nuttig was om voorzorgen te nemen. Tegen Elvo zei ze: "We zijn niet ver van het Oudland en zoals je weet kunnen er gemene dingen gebeuren."

"Ik klaag niet."

Ze stopten in de schaduw van de Grote Skaw: een spits van zandsteen die zestig meter hoog oprees en uit beige, gele, roze en grijze lagen bestond. Het huis Morgenwake was amper te zien onder de lichtgroene gombomen en de donkerdere eiken. Daarachter lag de blauwe streep van het Elfenbos op de horizon. In het westen slingerde de Chipchap heen en weer en verdween uiteindelijk in het zuidwesten, waarna hij uitstroomde in het Bloedbadmeer. "Toen we klein waren," zei Schaine, "kwamen we hier vaak picknicken en toermalijnen zoeken. Daarginds is een dijk van pegmatiet…En hier is Kelse ook door de erjin aangevallen."

Elvo keek schattend om zich heen. "Hier precies?"

"Ik was op het pegmatiet; Kelse en Muffin klommen tegen de rots op. De erjin kwam uit die spleet daar en klauterde achter de jongens aan. Hij pakte Kelse en trok hem naar beneden. Ik hoorde het lawaai en rende ernaartoe om te helpen, maar toen had Muffin de erjin al doodgeschoten en hij lag precies te kronkelen waar jij nu staat. Kurgech kwam en verbond Kelse's arm en been en droeg hem naar huis, en Muffin was de grote held. Ongeveer een week lang."

"Wat gebeurde er toen?"

"O — een grote ruzie. Ik stevende weg naar Tanquil. Toen verdween Muffin naar het Oudland en nu is hij de Grijze Prins." Schaine keek rond. "Eigenlijk bevalt het me hier niet... Arme Kelse."

Elvo keek onrustig over zijn schouder. "Komen hier vaak erjins?"

"Af en toe komen ze het vee bekijken, maar onze Ao's zijn ontzettend goeie spoorzoekers. Ze kunnen een spoor volgen dat je helemaal niet ziet. De erjins hebben dat wel geleerd en meestal blijven ze ver in de wildernis."

Terug bij het huis zagen ze Gerds gedeukte oude Dacy op het landingsterrein staan. Kelse en Gerd waren bezig in de bibliotheek en kwamen er pas uit toen het avondeten in de grote zaal werd opgediend. Ter ere van de traditie droegen ze allemaal avondkleren — Gerd en Elvo waren voorzien uit de voorraad die bestemd was voor gasten. Het leed geen twijfel dat het ritueel de sfeer verhoogde, vond Schaine; vrijetijdskleren en onverschillige manieren zouden niet gepast hebben bij de stoelen met de hoge ruggen, de enorme oude tafel van omberhout, de kroonluchter uit de glasfabriek van Zitz in Gilhaux op Darybant en het zilver, allemaal erfstukken. Deze keer had Schaine zich ongewoon ingespannen op haar verschijning. Ze droeg een eenvoudige donkergroene avondjurk en had haar haar opgetast op de manier van waternimfen van Pharistane met een smaragden ster op haar voorhoofd.

Reyona Werlas-Madduc en Hermina Lingolet hadden al gegeten; er zaten slechts vier mensen aan de omberhouten tafel in de grote zaal, het viertal dat de mars door honderdvijftig kilometer woestenij had meegemaakt. Terwijl ze hun wijn dronken leunde Schaine achterover en keek door half geloken ogen naar de mannen terwijl ze veinsde dat het vreemden waren, zodat ze hen objectiever kon taxeren. Kelse, vond ze, leek ouder dan zijn betrekkelijk geringe aantal jaren. Hij zou nooit zo'n imposante man als zijn vader worden. Zijn gezicht was mager en scherp; zijn mond werd dichtgeknepen door vastberaden plooien. Elvo Glissam daarentegen leek ongedwongen en luchthartig, zonder enige zorg. Gerd Jemasze, nu Schaine hem onbevangen opnam, zag er verrassend elegant uit. Hij keek haar kant uit, hun blikken kruisten. Zoals gewoonlijk voelde Schaine een kleine steek van antagonisme of uitdaging of een dergelijke emotie. Gerd sloeg zijn ogen neer naar zijn wijnglas; het amuseerde Schaine maar ze was ook stomverwonderd dat hij zich opeens van haar bestaan bewust was geworden. Haar leven lang had hij haar links laten liggen.

"Het handvest doet nu de ronde langs de domeinen," zei Kelse. "Als het algemeen wordt goedgekeurd, en dat geloof ik wel, dan worden wij ipso facto een politieke eenheid."

"En als het niet algemeen wordt goedgekeurd?" vroeg Schaine.

"Dat is onwaarschijnlijk. We hebben de zaak met iedereen besproken."

"En als de constructie van je handvest ze niet bevalt, en ze veranderingen willen?"

"Het handvest heeft geen constructie. Het is alleen een verklaring dat we gemene zaak maken, dat we het eens zijn, een belofte om zich aan de wil van de meerderheid te onderwerpen. Dat is de eerste fundamentele stap die we moeten nemen; daarna gaan we over een meer gedetailleerd document praten."

"Dus nu moeten jullie wachten. Hoelang?"

"Een week of twee. Drie, misschien."

"Lang genoeg," zei Gerd, "om uit te zoeken wat er zo leuk was aan Uther Madducs 'prachtige grap'."

Elvo's belangstelling was gewekt. "En hoe wil je dit doen?"

"Zijn route volgen. Ergens onderweg zal ik wel ontdekken wat hem zo amuseerde."

"Welke route heeft hij genomen?" vroeg Schaine.

"Van Morgenwake vloog hij vierhonderdnegenennegentig kilometer naar het noorden, en zevenentwintig kilometer naar het noordoosten — met andere woorden, naar Palga-station nummer 2. Daar landde hij." Gerd haalde Uther Madducs logboek tevoorschijn. "Luister hiernaar: 'Niemand durft het luchtruim boven de Palga te doorkruisen. Wat een verbazingwekkende paradox! De Windrenners, zulke deemoedige, zulke vage lieden, worden woeste demonen als ze een luchtwagen bespieden. Naar buiten rollen de stokoude lichtkanonnen; de luchtwagen ontploft in scherven en splinters. Ik stelde de vraag aan Filisent: "Waarom schieten jullie luchtvoertuigen neer?"

" ' "Omdat het waarschijnlijk Blauwe overvallers zijn," antwoordde hij. "O?" zei ik. "Wanneer hebben de Uldra's jullie het laatst overvallen?" "Niet tijdens mijn leven, of in dat van mijn vader," zei hij. "Toch moet het zo zijn; wij wensen geen vliegers in onze lucht." Hij gaf me toestemming zijn kanon te inspecteren; een wonderlijk instrument en ik vroeg me af wie zo'n fraai wapen had vervaardigd. Filisent kon me er maar weinig over vertellen. Het wapen met zijn bewerkelijke versieringen en verbazende gravures was een erfstuk, overgegaan van vader op zoon sinds onheuglijke tijden; het zou heel goed meegekomen kunnen zijn met die lang vergeten eerste expeditie naar Koryphon: wie weet?' "

Gerd keek op. "Hij schijnt dit een paar dagen na zijn landing in het station te hebben geschreven. Helaas is er verder niet veel meer. Hij zegt: 'De Palga is een uitzonderlijk land en Filisent is een heel uitzonderlijke kerel. Net als alle Windrenners is hij een vaardige en geestdriftige dief tenzij hij in toom wordt gehouden door fiap of oplettendheid. Verder is het een goeie vent. Hij heeft een bark en zevenendertig stukken land die hij bebouwt. Wat leven deze mensen nauw samen met wind en zon, met de wolken en het weer! Als je ze aan de stuurstang ziet, met de bollende zeilen en de grote rollende wielen, zie je mensen die opgaan in een godsdienstige rite. En toch, vraag ze of drie maal twee gelijk is aan zes en ze reageren met een wezenloos gezicht. Vraag ze over de erjins, wie ze traint en hoe — en hun blik verandert in verbijstering. Vraag ze hoe ze betalen voor hun fraaie wielen en zeildoek en het metalen beslag en ze gapen je aan alsof ze je ervan verdenken van rede gespeend te zijn.' "

Gerd sloeg een blad om. "Hier is een stuk dat hij 'Aantekeningen voor een verhandeling' noemt:

" 'Srenki: die verbluffende en ontzagwekkende kaste, of is het een cultus? De kennis bereikt het kind via repeterende dromen. Hij wordt bleek en mager en bekommerd, en zwerft ten slotte van zijn wagen weg. Weldra pleegt hij zijn eerste moedwillige daad; en daarna, in dit vreemd rustige land, concentreert hij in zichzelf en verstrooit de elementaire verdorvenheid van alle anderen, die op dit nu afschrikwekkende wezen met medelijden en verdraagzaamheid reageren. Er zijn maar weinig Srenki: in de hele Palga misschien maar een honderd, of hooguit tweehonderd. Men begrijpt wel hoe afzichtelijk en diep binnenin hen de cloacale stroom loopt.' "

Niemand sprak.

Gerd sloeg de bladzijde om. "Dit is zo'n beetje het laatste. Hij schrijft: 'De man heet Poliamides. Ik heb hem beduveld met het kunstje van Kurgech, en hij geeft toe dat hij het oefencentrum van de erjins heeft gezien. "Breng me er dan naartoe!" Hij maakt bezwaar. Ik geef een draai aan het prisma en mijn stem bereikt hem vanuit de hemel in zijn hersens. "Breng me erheen!" — de stem van een god met zonneogen! Poliamides aanvaardt het onvermijdelijke ofschoon hij weet dat hij een miljoen lotsbestemmingen tot een soort chaotische soep karnt. "Waar en hoe ver?" vraag ik. "Ginds en op enige afstand," is zijn antwoord; en dat zullen we nu dus eens zien.' " Gerd Jemasze zei: "Op het volgende blad staat een lijst met getallen die me niets zeggen, en dat is het ongeveer. Behalve de laatste bladzij. Eerst twee woorden: 'Schittering! Wonderlijk!' en dan: 'Van alle bitterzoete ironieën is dit wel het toppunt. Hoe traag galmt de klok der eeuwen! Hoe klaaglijk en zoet is het recht van de tonen!' En dan de laatste alinea: 'De situatie is zo glashelder dat een demonstratie amper nodig is; toch bestaat die wonderbaarlijke demonstratie nu en als iemand ons recht en onze rechtvaardigheid in twijfel waagt te trekken, dan kan en zal ik hem aan de muur van zijn eigen absurde doctrine nagelen.' "

Gerd deed het boek dicht en gooide het op de tafel. "Dat is alles. Hij ging terug naar de Sturdevant. Volgens de autopiloot vloog hij rechtstreeks terug naar Morgenwake. Twee dagen later lag hij dood op de Dramalfo."

Elvo zei: "Waarom is hij eigenlijk naar de Palga gegaan? Om handel te drijven?"

"Typisch genoeg," zei Kelse, "om een zaak die jou na aan het hart ligt. Vorig voorjaar was hij in Olanje en zag daar de erjins van tante Val. Niemand scheen te weten hoe de erjins getraind werden, en daarom ging vader naar de Palga om het uit te zoeken."

"En is dat gelukt? Is dat zijn prachtige grap?"

Kelse haalde zijn schouders op. "We weten het niet."

"De Palga moet een bijzonder land zijn."

Schaine zei: "Ik herinner me nog allerlei vreemde verhalen erover. Waarvan de helft natuurlijk gelogen is. Baby's worden tussen de wagens geruild, met de theorie dat een kind dat door zijn eigen ouders wordt grootgebracht, te erg verwend wordt."

Kelse zei: "Weet je ons ouwe kindermeisje Jamia nog? Ze joeg ons de stuipen op het lijf met verhaaltjes over de Srenki als we naar bed gingen."

"Jamia herinner ik me heel goed," zei Schaine. "Ze heeft ons een keer verteld hoe de Windrenners hun lijken in de bomen hangen, om ze te beschermen tegen de wilde honden, en als je daar door een bos loopt, hangt er aan elke boom een skelet op je neer te grijnzen."

"En het zijn niet alleen lijken die ze in de bomen hangen," zei Gerd. "Hun ziekelijke ouwe grootouders ook — de boom in d'r mee, dat spaart de moeite om later nog een keer terug te komen."

"Charmante lieden," vond Elvo. "Wat ben je nu van plan?"

"Ik vlieg naar station nummer twee en zoek daar het spoor van Uther Madduc, op een of andere manier."

Kelse schudde zijn hoofd. "Daarvoor is het spoor al te oud. Je vindt het nooit."

"Ik niet, maar Kurgech wel."

"Kurgech?"

"Hij wil mee. Hij is nog nooit op de Palga geweest en hij wil de windkarren zien."

Elvo zei weids: "Ik zou ook graag meegaan, als ik me tenminste nuttig kan maken."

Schaine klemde haar kaken op elkaar. Ze kon onmogelijk tegenwerpingen maken of over ontberingen en gevaar beginnen zonder Elvo voor schut te zetten, en ze kon ook niet met goed fatsoen opmerken dat hij ettelijke glazen koppige amberwijn ophad.

Gerds gezicht vertrok heel licht, zodat misschien alleen Schaine het zag, en haar altijd smeulende afkeer voor de man laaide op. Toch hield ze zich in. Gerd zei vriendelijk: "Je gezelschap wordt natuurlijk op prijs gesteld — maar we blijven wel een week of langer weg en het wordt misschien een ruwe onderneming."

Elvo lachte. "Het kan niet erger zijn dan de tocht door de Dramalfo."

"Ik hoop het."

"Nou, ik ben niet bepaald van porselein en ik heb speciale belangstelling voor de zaak."

Kelse zei met de meest nuchtere stem, waarmee hij Schaine razend maakte: "Elvo wil zich uit de eerste hand verdiepen in de knechting van erjins."

Elvo grijnsde zonder verlegen te worden. "Helemaal juist."

Zonder geestdrift zei Gerd: "Kelse zal je wel kunnen voorzien van laarzen en een enkel ander uitrustingsstuk."

"Dat levert geen problemen op," zei Kelse.

"Uitstekend: morgenochtend vertrekken we, als ik Kurgech kan vinden."

"Hij zal met zijn stam bij de ouwe appelboomgaard zitten."

Eén doldriest moment dacht Schaine erover zelf mee te gaan met de expeditie, maar ze zag ervan af. Het zou niet eerlijk tegenover Kelse zijn om naar de Palga te vliegen en hem alleen te laten.

HOOFDSTUK VII

DE LUCHTWAGEN VLOOG naar het noorden over een land van lage heuvels, brede dalen, slingerende beken, bossen van gadroon, vlamboom, mangoneel en af en toe een reusachtige Uaiaanse jinko. Elvo Glissam had een onwezenlijk gevoel. Hij twijfelde al of hij de vorige avond wel zo verstandig was geweest. Hij keek achterom. Nee, zei hij ferm tegen zichzelf; hij was om een goede reden meegegaan. Hij wilde de feiten over de slavernij van de erjins onderzoeken en zijn principes verplichtten hem tot deze tocht. En er was nog een andere, meer persoonlijke reden: alles wat Gerd Jemasze kon, kon hij ook.

Hij keek naar zijn metgezel. Hij was een paar centimeter langer dan Gerd. Gerd had bredere schouders, een zwaardere romp, was besluitvaardig, bewoog zich efficiënt en zonder poespas: hij bediende zich niet van zwierige gebaren of een van de andere idiosyncratische manieren die een persoonlijkheid op smaak brachten. Op het eerste gezicht, en misschien ook nog op het tweede en derde, was Gerd een sober, saai, grimmig en kleurloos man. Hij had geen elan of flair of charme. Glissams eigen houding tegenover de wereld was optimistisch, positief, constructief: Koryphon, zelfs het hele Gaiaanse Bereik hadden behoefte aan verbetering en alleen de inspanningen van goed bedoelende mensen konden voor de noodzakelijke veranderingen zorgen.

Gerd was wellevend en had consideratie, dat wel, maar je kon hem met de beste wil van de wereld geen sympathiek individu noemen, en hij bezag de kosmos beslist door een egocentrische lens. Hij had ook een onverwoestbaar zelfvertrouwen; de mogelijkheid dat iets hem niet zou lukken was vast nooit bij hem opgekomen en Elvo voelde een knagende afgunst en ergernis, of zelfs een zwakke afkeer — maar hij besefte ogenblikkelijk dat dat kleinzielig en onwaardig was. Als Gerd maar wat minder arrogant op zijn onbewuste vooronderstellingen steunde, minder onschuldig was — want zijn onaantastbare zelfvertrouwen kon natuurlijk niets anders zijn dan naïviteit. In honderden omstandigheden zou hij zich beslist maar heel pover kwijten. Hij wist zo goed als niets over de prestaties van de mens op het gebied van muziek, wiskunde, literatuur, optiek, wijsbegeerte. Volgens alle normale maatstaven zou juist Gerd Jemasze niet op zijn gemak en jaloers op Elvo Glissam moeten zijn, en niet andersom. Elvo bracht een wrang lachje op. De situatie was nu eenmaal niet anders, ten goede of ten kwade.

Opnieuw keek hij naar de grond. Ze zouden hem nog terugbrengen als hij dat vroeg, bijvoorbeeld onder het mom dat hij ziek was. Jemasze zou alleen reageren met een lichte verbazing, het zou hem niet genoeg kunnen schelen om Elvo te minachten... Hij keek nijdig. Genoeg, dit zelfmedelijden en handenwringen. Hij zou zijn best doen om een competent metgezel te zijn en als hij daarin niet slaagde, nou dan niet, niets aan te doen. Hij weigerde er nog verder over na te denken.

Gerd wees naar beneden. Drie enorme beesten lagen te rollen in een modderpoel. Een ervan stond op en kloste naar de oever, waar het wezenloos naar de luchtwagen ging staan kijken.

"Gepantserde luiaards," zei Gerd. "Achterneven van de morfoten. De evolutie heeft ze ver achter zich gelaten."

"Maar niet verwant aan de erjins."

"Helemaal niet. Sommige mensen zeggen dat de erjins zich ontwikkeld hebben uit de berg-gergoïde: half rat, half schorpioen. Andere mensen zeggen nee. Erjins laten geen fossielen na."

De luchtwagen vervolgde zijn weg. In de verte doemde de Palga op en de Volwodes priemden in het westen naar de hemel. Gerd liet de wagen stijgen zodat ze net onder de immense cumuluszuilen vlogen. De grond beneden hen zwoegde en golfde alsof er druk op stond en verhief zich dan plotsklaps duizend meter. De wand van de rotsen was verweerd en telde nu duizenden kloven en spleten. Daarachter, tot ver voorbij de zonnige afstanden, lag de Palga.

Vlak bij de rand van de rotswand stond een groep witgekalkte huizen met bruinzwarte daken. "Station nummer 2," zei Gerd bondig.

"Hier zul je wel wat erjins voor de export zien... Het zou je niet baten om lucht te geven aan je afgrijzen."

Elvo speelde een goedgehumeurde lach klaar. "Ik ben hier alleen als waarnemer." Nu bedacht hij zich dat hij Gerd nooit een mening over de kwestie van de erjins had horen uiten. "Wat vind jij er eigenlijk van? Wat zijn je gevoelens over deze zaak?"

Gerd dacht na. Na een ogenblik zei hij: "Zelf zou ik geen slaaf willen zijn." Meer zei hij niet, en het duurde even voordat Elvo begreep dat hij geen wijdlopige mening te horen zou krijgen — mogelijk omdat Gerd er geen had gevormd. Maar toen, zich verwijtend hoe ongevoelig hij was, verbeterde Elvo zijn eigen gedachten. Gerd had een subtiele manier om zijn standpunt te laten doorschemeren, en blijkbaar had hij nu iets als dit uitgedrukt: "Zo op het eerste gezicht lijkt het een smerige en schandelijke zaak, maar omdat we zo weinig van de hele situatie weten, behoud ik me een eindoordeel voor. Wat de bezorgdheid van de arbeidsgilden van Olanje en de gekwetste gevoelens van het Genootschap voor de Emancipatie van de Erjins betreft, die kan ik moeilijk ernstig nemen." Elvo grijnsde. Zo luidde Gerds opinie. Vertaald in de termen van villa Mirasol.

De wagen landde op het centrale erf van het depot. Links daarvan zwalkte een lang, laag, onregelmatig bouwsel van gecementeerde aarde, witgekalkt, met een dak van riskante hoeken en hellingen ondersteund door zware palen; dit was kennelijk een herberg. Voor de wagen, aan de westkant van het erf, stonden drie schuren met voor en achter hoge open deuren waardoor een aantal voertuigen in staat van wording te zien was. Op een rek lag een dozijn grote luchtbanden, hoger dan een man; achter en door de bouwschuren heen waren nog meer voertuigen zichtbaar die ongerijmd genoeg waren uitgerust met masten, gaffels, gieken, boegsprieten en want. Rechts, langs de noordkant van het terrein, stond nog een complex van open schuren waarvan sommige lege kooien bevatten en andere hokken waaruit een dozijn erjins onverstoorbaar naar buiten keek.

In de schuren hadden de mannen hun werkzaamheden gestaakt en een stuk of zes kwamen het terrein op en liepen naar de luchtwagen toe. Het waren stevige bruine mannen, niet bijzonder lang. Verschillenden droegen een volgens Elvo volslagen bespottelijke hoofdtooi: horizontale houten schijven van één meter twintig breed en een paar centimeter dik, vastgemaakt aan een ijzeren helm die onder de kin en om de nek was vastgebonden. Hoe kon iemand werken met zo'n monsterlijk ding op zijn kop?...Gerd verrichtte nu een heel eigenaardige daad. Terwijl de werklieden dichterbij kwamen, raapte hij een stokje op en kraste een cirkel in de grond om de luchtwagen heen. De arbeiders bleven staan, kwamen toen langzaam verder, en hielden halt aan de rand van de cirkel. Het waren de eerste Windrenners die Elvo zag: het was een totaal ander ras dan de Uldra's. Hun lichtbruine huid leek gekleurd door een aangeboren pigment en niet door de zon, en had het eigenaardige kenmerk dat hij geen schaduwen en ook geen glimplekjes vertoonde. Sommigen droegen petten van textiel, anderen houten schijven en ijzeren helmen; waar er haar te zien was, had dit de vorm van warrige lichtbruine krullen en het werd schijnbaar zonder aandacht voor een stijl gedragen. Hun gelaatstrekken waren klein en stomp, maar hun kaken waren nogal zwaar. Hun ogen hadden een spookachtige lichtgele kleur. Sommige mannen droegen een kleine snor; anderen hadden hun wenkbrauwen uitgetrokken waardoor ze een vragend uiterlijk kregen. Allen droegen een korte broek, lichtblauw, grijs of lichtgroen en ruime hemden van dezelfde stof; in hun haar of op hun pet hadden ze glazen ornamenten met een gecompliceerde vorm en vastgemaakt met kleurige linten.

Gerd zei: "Goed geluk; snelle winden voor allen."

De werkers mompelden een dergelijke heilwens. Een van hen vroeg: "Handelt u of koopt u?"

"Mijn bedoelingen zijn mij nog niet duidelijk gemaakt. Dat gebeurt in een droom."

De werklieden knikten begrijpend en mompelden onder elkaar. Elvo's mond hing open van verrassing. Zulke bloemrijke taal had hij van de nuchtere Jemasze niet verwacht. Zijn metgezel wees nu naar de cirkel. "Zie deze fiap. Zijn kracht komt niet van Ahariszeio maar van onszelf, onze vuisten en de steek van onze wapens. Is dat duidelijk?"

De mannen haalden hun schouders op, schuifelden met hun voeten en rekten hun nek om de wagen en zijn inhoud te bekijken.

Jemasze vroeg: "Waar is de priester?"

"Ginds, in zijn compartimenten achter de herberg."

Jemasze wendde zich naar Kurgech, die met een opvallend handwapen tegen de deur van de luchtwagen leunde. Jemasze draaide zich weer naar de Windrenners. "U kunt zonder spijt vertrekken; onze eigendommen zijn niet onbeheerd of vrij, maar worden zorgvuldig bewaakt."

De arbeiders maakten beleefde gebaren en gingen terug naar de schuren. Elvo vroeg verbluft: "Wat betekende dat allemaal?"

"De Windrenners stelen alles wat ze in hun fikken krijgen," legde Gerd uit. "De beschermende symbolen, of talismans, heten fiaps, en je zult ze overal zien. Ze dragen ze zelfs in hun haar."

"Waar zijn die houten schijven goed voor?"

"Die mensen hebben een of ander godsdienstig gebod overtreden. Het enige gezag berust hier bij de priesterstand."

"Ik krijg er al hoofdpijn van als ik ernaar kijk."

"Soms zijn de schijven tien centimeter dik, of vijftien. In zo'n geval sterft de boosdoener gewoonlijk binnen een week of twee, tenzij iemand voor hem zorgt."

"Wat moet je doen om een schijf te verdienen?"

Gerd haalde zijn schouders op. "Tegen de wind in spugen. In je slaap praten. Zo goed ben ik niet met hun wetten bekend. Kom mee; we gaan de priester zoeken en wat fiaps halen."

De priester droeg een wit gewaad. Zijn gitzwart geverfde haar hing op zijn schouders en aan de punten bengelden kleine balletjes onyx. Zijn ronde gezicht was van haar ontdaan en hij had zwarte cirkels om zijn ogen geschilderd zodat hij er uitzag als een aandachtige uil. Hij verblikte niet toen hij het tweetal zag, hoewel hij op zijn bank had liggen slapen toen ze het compartiment binnenkwamen.

Nu zette Gerd een gesprek in dat Elvo met stomheid sloeg. "Goede winden voor u, priester. Wij hebben een stel fiaps nodig die alle fasen van het leven bestrijken."

"Zeker, zeker," zei de priester. "Bent u van plan te handelen? Dan heeft u niet zo'n menigte fiaps nodig."

"Wij zijn geen handelaars; wij komen naar de Palga voor het plezier en het nieuwe."

"Hi-ho! Dan moet u gemakkelijk te plezieren zijn. Wij hebben geen kermissen te bieden of melodieuze meisjes of banketten van vet vlees. Voorwaar, wij zien maar heel weinig lieden van uw soort."

"Mijn vriend Uther Madduc is onlangs hier voorbijgekomen," zei Gerd. "Hij vertelt mij dat u hem van fiaps voorzag en raad schafte."

"Niet ik, niet ik. Poliamides bekleedde toen het ambt. Ik ben Moffamides."

"In dat geval zullen wij bij Poliamides onze opwachting maken."

Moffamides' ogen werden groot en helder. Hij kneep zijn lippen samen en schudde afkeurend zijn hoofd. "Poliamides is wispelturig gebleken; hij heeft het priesterschap vaarwel gezegd en is de sarai* opgegaan. Misschien reageerde hij te sterk op uw vriend Uther Madduc."

"In naam van Ahariszeio, geef ons dan fiaps en maak ze sterk."

De priester waagde een oogje in een zwartleren kist met een voering van roze vilt waarin een dozijn bollen van rotskristal lagen. Hij raakte ze aan, rangschikte ze anders en opeens schokte zijn hoofd met een kleine uitroep van verrassing naar achter. "De voortekenen zijn ongunstig! U moet terugkeren naar de Alouan."

Gerd zei bruusk: "U heeft de bollen verkeerd gebruikt; de voortekenen zijn gunstig."

Moffamides keek hem scherp van opzij aan. De kralen in zijn zwarte haar klikten en rinkelden zacht. "Hoe kunt u dat zeggen? Zijt gij priesters?"

Jemasze schudde kort ontkennend zijn hoofd. "Uther Madduc is dood, zoals u weet."

Moffamides' ogen puilden uit van blijkbaar waarachtige verbazing. "Hoe zou ik dat weten?"

"Door telepathie, wat een van uw priesterlijke vermogens is, heb ik me laten vertellen."

"Alleen in zekere omstandigheden, en nooit in zaken die op de Alouan spelen, waar ik niet meer van weet dan u van de Palga."

"Uther Madducs geest heeft ons een taak opgelegd. Hij en Poliamides werden metgezellen, en elk liet de ander om hem gerust te stellen van zijn ziel proeven."

---

* Sarai: onvertaalbaar. Een onbegrensde vlakte van horizon tot horizon, van land of water, waaraan alle hindernissen of obstakels tegen het reizen ontbreken en die een onweerstaanbare drang uitoefent om op weg te gaan, om naar een bekende of onbekende bestemming te reizen.

Elvo luisterde vol ontzag. En hij had Gerd Jemasze voor duf en saai gehouden!

Moffamides had zijn uilenogen nu half gesloten en keek nadenkend. "Hier heb ik niets van gehoord."

"Nu weet u het, en als wij zonder Uther Madducs ziel terug moeten naar de Alouan, zal ik u vragen mee te gaan om zijn geest te troosten."

"Dat is volstrekt onmogelijk," verklaarde de priester. "Ik mag de Palga niet verlaten."

"In dat geval moeten wij een paar woorden met Poliamides wisselen."

Moffamides knikte langzaam en nadenkend. Zijn ogen keken ver.

"Ten eerste," zei Gerd, "moet u ons fiaps verschaffen."

Moffamides werd weer alert. "Fiaps van welke aard?"

"Maak er een waarmee wij in onze luchtwagen over de Palga kunnen vliegen."

Moffamides trok zijn mondhoeken neer en stak zijn wijsvinger op. "Gaswolken en gierende energie op de volmaakte winden van Ahariszeio? Ondenkbaar! En een fiap van gunstig risico krijgt u ook niet, want ik voorvoel slechte voortekenen en schaduwzijden, en alles gaat wellicht niet goed. Op zijn best kan ik een algemene talisman vervaardigen die u aanbeveelt in de genade van Ahariszeio."

"Heel goed; deze fiap aanvaarden wij in dank. Bovendien moet de luchtwagen beschermd worden tegen ieder soort beschadiging, hinder en pech, waaronder gappen, vernietiging, nieuwsgierigheid, knoeien, vandalisme, bezoedeling, verwijdering of verberging. Ik wil fiaps voor mijzelf en mijn reisgenoten die ons bewaren voor molest, ongelukken, magie, listen en lagen, uitbuiting, gevangenschap of vrijheidsberoving, en de diverse fasen en stadia van de dood. We zullen ook een geschikt stel fiaps voor ons voertuig nodig hebben die ons verzekeren van goede winden, glad gras, stabiliteit en een juiste bestemming."

"U vraagt heel wat."

"Voor een priester die Ahariszeio zo na staat als uzelf, zijn onze verlangens een kleinigheid. We zouden nog meer kunnen vragen."

"Zo is het wel genoeg. U moet een honorarium betalen."

"Over een honorarium zullen we bij onze terugkeer spreken, nadat de fiaps beproefd zijn."

Moffamides deed zijn mond open maar zei niets. Toen vroeg hij: "Hoe ver vaart gij?"

"Zo ver als nodig. Waar is Poliamides?"

"Niet bij de hand."

"Dan moet u ons naar hem toe leiden."

Moffamides knikte peinzend. "Ja. Ik zal u aanwijzingen geven en ik zal voor fiaps zorgen. Ze moeten sterk zijn, en hun macht mag niet verflauwen. Morgen zullen ze opgeladen worden."

Gerd knikte kort. "Geef ons nu een voorlopige fiap om de luchtwagen te beveiligen en andere om onszelf en onze bezittingen vannacht te beschermen."

"Zet uw luchtwagen achter de werkplaatsen. Ik zal de fiaps brengen."

Gerd liet de wagen over de werkplaatsen naar de aangeduide plek zweven. Het was een parkeerplaats voor tientallen voertuigen in diverse stijlen en maten, oud en nieuw, van een vrachtschoener met drie masten op acht wielen van drie meter, tot een driewielige snelzeiler met een enkele mast zonder scheerlijnen. Aan ieder schip was een samenstel van verwrongen glasbollen en staven in diverse kleuren bevestigd, waaraan linten hingen die zo lang waren dat ze tot de grond kwamen.

Moffamides wachtte hen op met een mand in zijn handen. "Dit zijn fiaps van algemene potentie." Hij haalde de voorwerpen tevoorschijn. "Deze rode en groene fiap is standaard en zal uw luchtwagen voor onbeperkte tijd beschermen. Deze blauw met witte vrijwaren uw bezittingen zolang u in de herberg verblijft. Deze zwarte, groene en witte fiap zal de Uldra hier tegen wraak, boosaard en geestknelling beschermen. De twee zwarte, blauwe en gele fiaps voldoen voor jullie outkers."

Jemasze maakte de rood met groene fiap aan de luchtwagen vast en deelde de overige uit. "Helemaal in orde," zei Moffamides en zonder verdere plichtplegingen verdween hij.

Jemasze bekeek de fiaps weifelend. "Hopelijk werken ze en is het niet gewoon rommel."

"Het zijn goede fiaps," zei Kurgech. "Ze dragen magie."

"Ik merk niets," zei Elvo. "Mijn gevoeligheid daarvoor is zeker geatrofieerd."

Jemasze inspecteerde een sloep met een hoge mast met een rieten dek en een kleine kajuit. Het schip stond op vier wielen van bijna twee meter doorsnede. "Mijn hele leven heb ik al in zo'n wagen willen zeilen. Deze is waarschijnlijk te licht en te klein. Die kaag daar verderop zal wel beter geschikt zijn."

De drie begaven zich naar de herberg. De foyer was door een borsthoge bar van bleek, geboend hout gescheiden van de keuken waar een gedrongen bruine man met ontbloot bovenlijf zich glinsterend van het zweet bezighield met een rij ijzeren kookpotten die op een groot ijzeren fornuis stonden te borrelen en koken. Het drietal wachtte; de kok wierp hen een strenge blik toe, greep toen een hartsvanger en begon een pastinaak in blokken te hakken.

Er kwam een jonge vrouw het lokaal in. Ze was lang en slank en haar gezicht was even onbeweeglijk als dat van een slaapwandelaar. Elvo, die altijd gespitst was op vreemde mensentypen, was onmiddellijk geboeid. Met enige bezieling, hoe gering ook, had deze jonge vrouw een buitengewone schoonheid tentoon kunnen spreiden die het zwoele van een nenufar combineerde met de elegantie van een snel wit winterbeest. Maar haar gezicht was roerloos en de schoonheid afwezig. Of bijna afwezig, dacht Elvo; misschien was hij er wel, vreemder dan ooit, en alleen impliciet. Haar ivoren huid was lichter dan die van de gewone Windrenner en bezat een uiterst subtiele glans of blos van een onbepaalbare kleur: blauw? blauwgroen? groenviolet? Haar donkerbruine haar hing tot op haar schouders. Op haar voorhoofd werd het in toom gehouden door een zwarte band met een paarse, zwarte en vuurrode fiap aan de achterkant.

Met een zachte stem informeerde zij naar hun behoeften. Gerd bestelde nogal bruusk drie bedden, avondeten en ontbijt. Elvo vroeg zich af waarom hij zo grof deed. De vrouw ging een pas achteruit, even sierlijk en moeiteloos als een teruglopende golf, en wenkte hen; de drie mannen volgden haar naar een spelonk van een gelagkamer vol mysterieuze bewegende schaduwen. De vloer was belegd met donkergrijze steenplaten; de hanenbalken werden gesteund door berookte houten zuilen. Aan de zoldering hingen honderden amper zichtbare fiaps. Een lange lichtbeuk met honderd purperen en bruine venstertjes liet een warm schemerlicht door dat de kwaliteit van zuilen, balken en panelen verhoogde, de donkerrode kleden op de tafels verrijkte en als met een opzettelijk chiaroscuro de gezichten van de mensen in de kamer dramatiseerde. Er waren vijf andere klanten die aan een tafel zaten te spelen en voor de nadruk met zware vuisten op de tafel bonkten en vloekten, terwijl een dienjongen met een wit voorschoot kroezen bier bracht.

De vrouw ging het drietal voor door de gelagkamer, een korte gang af en een balkon op dat middenin de lucht leek te hangen. Elvo keek over de balustrade. De herberg was pal op de rand van de afgrond gebouwd en het balkon hing in de leegte. Tussen de muur en de pilaren waren hangmatten gespannen die de reizigers ter beschikking stonden, zoals de vrouw aangaf. Een loopbrug op lange stelten als spinnenpoten stak over het ravijn; aan het eind ervan was de latrine, die bestond uit een stang die boven de winderige leegte hing en een buis waar koud water uit straalde. Ver in de diepte was stromend water te zien, en Elvo hoopte maar dat het niet de oorsprong van de Chipchap was.

De drie mannen gingen met kroezen bier op het balkon zitten. De drank was een zacht, licht brouwsel dat naar de zonneschijn op de Palga en bosbessen rook. Al drinkend zagen ze de zon Methuen ondergaan in een cataclysme van vuurrood, roze, vermiljoen en karmijn, als een koning die zijn noodlot tegemoet gaat.

Het was stil op het balkon. De lange vrouw kwam met vers bier. Ze bleef even naar de zonsondergang kijken alsof ze nog nooit zoiets bijzonders had beleefd. Maar al gauw kwam ze weer in beweging en ging terug naar binnen.

Half in een roes door het bier en de zonsondergang kon Elvo zijn bange twijfels niet meer serieus nemen. Dit was beslist het meest grandioze moment van zijn leven — en dat in zo'n bizarre omgeving, met zulke onbegrijpelijke reisgezellen! De vragen dromden in zijn geest. Hij sprak tegen Kurgech: "Die fiaps: worden de Windrenners er werkelijk door geleid?"

"Andere leiding kennen zij niet."

"Wat gebeurt er als iemand niet aan een fiap gehoorzaamt?"

Kurgech maakte een zwak gebaar dat inhield dat de vraag eigenlijk niet gesteld hoefde te worden. "De overtreders boeten ervoor, en dikwijls sterven ze."

"Hoe wist u dat de fiaps van die priester magie bevatten?"

Kurgech haalde alleen zijn schouders op.

Jemasze zei: "Iemand die woont waar magie onbekend is, zal het nooit herkennen."

Elvo keek naar de hemel. "Ik heb geen ervaring met magie...tot nu toe."

De schemer begon het panorama te vertroebelen; de vrouw maakte een statige entree om mee te delen dat het avondeten klaarstond. De drie mannen volgden haar de gelagkamer in en deden hun maal met zout brood, tuinbonen met worst, onbekende ingrediënten in het zuur, een salade van zoete grassoorten. De gokkers negeerden alles behalve hun spel, dat gespeeld werd met tien centimeter lange staafjes van glimmend hout die aan beide uiteinden in kleurige verf waren gedoopt, meestal maar niet altijd in twee verschillende kleuren. Elke speler op zijn beurt nam een staafje uit een bak waarbij hij de punten voor de medespelers verborg totdat hij, meestal na een overpeinzing, het ene of het andere eind in zijn rek stak zodat ze de ene kant konden zien. Na iedere beurt werd er al dan niet een staaf weggelegd op het midden van de tafel, gewoonlijk vergezeld van een vloek of een uitroep. Het spel riep aanzienlijke spanningen op en de spelers wisselden verraste blikken en berekenende fronsen uit.

Jemasze en Kurgech begaven zich weldra naar hun hangmat. Elvo bleef naar het spel zitten kijken, dat ingewikkelder bleek dan de eerste aanblik had gesuggereerd. De honderdenvijf staven waren in eenentwintig soorten verdeeld, de combinaties van rood, zwart, oranje, wit, blauw, groen. Bij het begin van een spel werden de staafjes in de bak gestopt, die vervolgens geschud werd totdat er een staafje horizontaal in een sleuf viel die de uiteinden afdekte. De speler pakte het staafje, bekeek het heimelijk, en stak dan een van de einden door een gat in het rek dat voor hem op tafel stond. Iedere speler trok op zijn beurt een staaf, die hij hield of wegwierp, net zolang tot elk vijf staven uit zijn rek had steken, met verschillende kleuren, terwijl de kleuren van de andere uiteinden afgeschermd waren en alleen bekend aan de desbetreffende speler. Na iedere keer trekken sloten de spelers weddenschappen en als ze vonden dat hun kansen dat wettigden, verhoogden ze hun inzet of pasten. Dan trok iedere speler een nieuw staafje en legde het weg of stak het in zijn rek, waarbij hij meestal een van zijn oude staven wegdeed;

en zo ging het voort tot alle staven waren getrokken, uitgekozen of weg-gedaan. Nu namen de spelers de weggeworpen staven in overweging, en de zichtbare kleuren in de rekken, en met deze informatie probeer-den ze te bepalen welke kleuren hun tegenstanders geheim hielden. En dit alles vormde de grondslag voor een laatste ronde weddenschappen. Daarna toonden de spelers de verborgen kleuren. Het stel staafjes met de hoogste waarde won het totaal van de inzetten. Enigszins onder de indruk van de emotionele geluiden van de spelers bleef Elvo wijse-lijk op een eerbiedige afstand, maar hierdoor slaagde hij er niet in de hiërarchie van combinaties te doorgronden.

De vrouw kwam weer naar hem toe met een ongevraagde kroes bier, die Elvo maar wat graag in ontvangst nam. Hij probeerde haar aandacht te trekken zodat hij een aangename kout met haar kon beginnen, maar op dat moment kwam er een man met een buitengewoon uiterlijk en gedrag binnen. Zijn gezicht was een expositie van niet bij elkaar passende en te grote gelaatstrekken: een vreemd brede kaak, verzonken wangen, zware jukbeenderen, een gespleten neus, een hoog rond voorhoofd, een brede, buigzame spleet van een mond die vertrokken was in een wezenloze grijns. Zijn ronde, lichtgele ogen knipperden en knepen alsof ze last hadden van het licht. Zijn lange, zware armen bengelden aan zijn stoere schouders, zijn romp was een hobbelige verzameling botten en spieren, zijn lange benen liepen uit in zware voeten. Elvo vond dat hij er tegelijk imbeciel en geslepen uitzag; simpel maar met een rijke fantasie.

De spelers bekeken hem met snelle zijdelingse blikken maar schon-ken geen aandacht aan hem; de dienjongen negeerde hem alsof hij niet bestond. Hij ging op de vrouw af en sprak haar aan; toen, met een zachte, bedroefde grijns sloeg hij met de vlakke hand tegen haar slaap met een geluid waarvan Elvo's maag zich omdraaide. De vrouw viel op de vloer en de man schopte haar in de hals.

Nu etste zich een beeld in Elvo's geest dat hem nooit meer zou ver-laten. De bleke jonge vrouw op de vloer met een straaltje bloed uit haar mond, een rustig gezicht, starende ogen; de man die trots en verrukt op haar neerkeek met zijn logge voet geheven voor een nieuwe schop, als iemand die een groteske dans opvoert; de spelers aan de tafel die af en toe uit hun ooghoeken keken maar onverschillig bleven; hijzelf, Elvo

Glissam uit Olanje, die verbijsterd en gruwend zat te kijken. Tot zijn verbazing zag hij zich zijn hand uitsteken, de voet beetpakken en eraan trekken zodat de man languit viel, maar meteen ongelooflijk soepel opsprong en nog steeds zacht en droef glimlachend in de richting van Elvo's hoofd trapte. Nooit eerder had Elvo met blote handen gevochten. Hij wist niets beters te doen dan met een ruk achteruit te gaan, zodat hij alleen een luchtvlaag in zijn gezicht kreeg. In wanhoop greep hij de voet beet en rende voorwaarts. Met plotseling een verwrongen gezicht van ontsteltenis huppelde de man wankelend achteruit, de deur uit, over het balkon, over de balustrade en de leegte in.

Elvo wankelde terug naar zijn stoel. Hijgend zat hij daar. Na een poos nam hij een slok bier. De spelers speelden rustig door. De vrouw waggelde weg. De kamer was stil; alleen van de speeltafel kwam geluid. Elvo wreef over zijn voorhoofd en staarde in zijn bier. De episode was kennelijk een hallucinatie geweest... Minutenlang zat hij als verstijfd. Toen schoot hem iets vreemds te binnen: de man had geen fiaps gedragen, geen beschermende talismans. Peinzend dronk Elvo zijn bier op. Toen stond hij op en ging naar zijn hangmat.

HOOFDSTUK VIII

'S OCHTENDS WERD ER op geen enkele manier over het gebeurde gerept. De herbergier gaf hen een ontbijt van brood, thee en koud vlees en nam Gerds munten aan in ruil. De drie verlieten de Zeilmakersherberg en liepen over het terrein naar de plek achter de werkplaatsen. De luchtwagen stond er precies zoals ze hem hadden achtergelaten. Jemasze begon de zeilwagens te keuren. Een grote bierwagen met acht wielen, drie masten en een veelheid van ra's, staand want, sprieten en vallen bekeek hij alleen vluchtig. Meer aandacht had hij voor de vier- en zeswielige huiswagens. Hun luchtbanden waren twee en een halve meter hoog. Het huis was verend opgehangen en reed op maar een halve meter boven de grond. De meeste wagens waren als schoeners of tweemasterbrigantijnen getuigd. Net als de vrachtwagens leken ze meer gebouwd op zeilen voor de moesson dan op snelheid of wendbaarheid.

Jemasze richtte zijn blikken op een landjacht van tien meter met vier onafhankelijk geveerde wielen en een plat dek met een kleine kajuit voor en achter. De voorman van de werkplaats had de inspectie onopvallend aangezien. Nu kwam hij naar Jemasze toe om te horen wat hij verlangde en de twee begonnen te onderhandelen, wat bijna een vol uur duurde. Ten slotte wist Gerd een huursom te bedingen die hij redelijk vond. De voorman ging zeilen halen. Jemasze en Kurgech liepen terug naar de herberg om proviand in te slaan terwijl Elvo de bagage en andere bezittingen uit de luchtwagen overbracht naar het jacht.

Terwijl hij doende was drentelde Moffamides de priester over het erf naar hem toe. "U heeft een goede wagen voor uw reis gekozen," zei hij tegen Elvo. "Degelijk en stevig, snel en vlot."

Elvo sloot zich hoffelijk aan bij het oordeel van de priester. "Wat voor soort zeilwagen heeft Uther Madduc gebruikt?"

Moffamides keek nietszeggend. "Een ietwat soortgelijke, neem ik aan."

Uit de werkplaats kwamen verscheidene mannen naar buiten met zeilen die ze aan de masten begonnen te bevestigen. Moffamides keek toe met een air van welwillende goedkeuring. Elvo vroeg zich af of hij de gebeurtenissen van de vorige avond moest aansnijden, die hem nu volslagen irreëel voorkwamen. Een of ander gesprek leek wel op zijn plaats. Hij produceerde een vlotte en luchtige toon die strijdig was met zijn gemoed. "Ik woon in Szintarre, in Olanje. Ik heb belangstelling gekregen voor de erjins. Hoe ter wereld weet u zulke schepsels te temmen?"

Moffamides verdraaide langzaam zijn hoofd en inspecteerde Elvo met zijn omwalde ogen. "Het is een gecompliceerd proces. Wij gaan uit van de jongen van de erjin en oefenen ze tot ze naar bevelen luisteren."

"Dat nam ik al aan, maar hoe kan een bloeddorstig beest een half intelligente huisbediende worden?"

"Haha! De bloeddorstige dieren zijn van begin af aan al half intelligent! Wij overtuigen hen dat het beter is te leven als rijdier bij de Uldra's dan als verhongerende beesten die naakt door de woestijn rennen, en nog beter is het als ze het tot huisbediende van een outker brengen."

"Dan kunt u dus met ze communiceren?"

Moffamides sloeg zijn ogen naar de hemel op. "Tot op zekere hoogte."

"Telepathisch?"

Moffamides fronste. "Werkelijk bedreven zijn wij daarin niet."

"Hmm. In Olanje is een belangrijke groepering van plan een eind te maken aan de slavernij van erjins. Wat vindt u daarvan?"

"Dwaasheid. Anders worden de erjins verspild en wij houden er goede wielen en lagers en metalen onderdelen voor onze zeilwagens aan over. De negotie is winstgevend."

"Vindt u het geen immorele handel?"

Moffamides keek hem schijnbaar licht verbluft aan. "Het werk heeft de goedkeuring van Ahariszeio."

"Ik zou graag de laboratoria, of kampen bezoeken, hoe ze ook heten. Is dat te regelen?"

Moffamides lachte kort. "Onmogelijk. Hier komen uw vrienden."

Gerd en Kurgech kregen een bezadigde groet van de priester. "Uw vaartuig verlangt gretig naar de sarai. Er wordt een stevige wind geboden; tijd dat u op weg gaat."

"Allemaal heel mooi," zei Gerd, "maar hoe vinden we Poliamides?"

"U doet beter Poliamides te vergeten. Hij is ver weg. Net als alle outkers tobt u te veel over het voorbijgaande."

"Dat gebrek erken ik: waar is Poliamides?"

Moffamides maakte een luchtig gebaar. "Dat kan ik niet zeggen; ik weet het niet."

Kurgech boog zich naar voren om in de lichtgele ogen van de priester te kijken. Moffamides' gezicht ontspande zich. Kurgech zei zacht: "U liegt."

Moffamides werd nijdig. "Bedrijf je Blauwe magie hier niet op de Palga! Wij zijn niet geheel weerloos." Bijna meteen herstelde hij zich weer. "Ik probeer u alleen te beschermen. De voortekenen zijn slecht. Uther Madduc is het smartelijk vergaan, nu gaat u zijn fout herhalen. Is het dan verwonderlijk dat ik valse winden bespeur?"

"Uther Madduc is gedood door een Blauwe," zei Gerd. "Zover ik weet was er geen verband tussen zijn dood en zijn reis over de Palga."

Moffamides glimlachte. "Misschien vergist u zich."

"Misschien. Bent u van plan ons te helpen of te hinderen?"

"Ik help u het best door u aan te raden dat u teruggaat naar de Alouan."

"Welke gevaren zouden we tegen het lijf kunnen lopen? De Palga is beroemd om zijn rust."

"Dwarsboom nimmer de Srenki," zei Moffamides. "Zij bedrijven hun tragische daden en zo beschermen zij ons allen."

Opeens daagde het Elvo; die verschrikkelijke man van de vorige avond was er zo een geweest. Sprak Moffamides nu een bedekte waarschuwing of een verwijt uit?

"Zij dragen hun ongelukkig lot met pijn," zei Moffamides zalvend. "Als er één wordt mishandeld, eisen de overigen een overdreven vergelding."

"Daar hebben wij niets mee te maken," zei Jemasze. "Vertel ons over Poliamides, dan vertrekken we."

Elvo keek fronsend naar de lucht. De priester zei: "Zeil naar het noordoosten op een breed rak. Koers het derde spoor in, dat u op de derde dag zult ontdekken. Volg het spoor vier dagen naar de Aluban, wat een groot woud is, en vraag bij de witte zuil naar Poliamides."

"Uitstekend. Heeft u onze fiaps voorbereid?"

Moffamides bleef even zwijgend staan. Toen draaide hij zich om en liep weg. Vijf minuten later was hij terug met een rieten mand. "Hier zijn potente fiaps. De groengele behoedt uw landjacht. De oranje-zwart-witte beschermen uw persoon. Ik wens u het genot toe van de goede winden die het Ahariszeio behaagt uw kant op te sturen."

Daarop schreed hij weg.

Elvo, Kurgech en Gerd klommen aan boord; Gerd startte de hulp-motor en het jacht rolde de sarai op. De moesson woei uit het zuiden. Elvo nam het roer ter hand terwijl Kurgech en Gerd kluiffok, grootzeil en bezaan hesen en het landjacht rolde weg over het soepele soum*. Elvo installeerde zich behaaglijk, keek naar de lucht, overzag het land-schap waar het enige contrast van bewegende wolkschaduwen kwam en keek achterom naar het in de verte verdwijnende station nummer 2. Vrijheid! De waaiende sarai op met alleen ruimte rondom! O wat trok het leven van een Windrenner hem aan!

Jemasze zette de zeilen naar de wind; het jacht schoot naar voren en bereikte een snelheid die Elvo op ruim vijftig kilometer per uur schatte.

Het roer vroeg maar weinig aandacht. Elvo gebruikte een klauw-vormig instrument om het wiel te sturen en ging staan om te genieten van de beweging van de boot. Kurgech en Gerd werden er evenzeer door gegrepen. Kurgech stond bij de grote mast en de wind woei door zijn schaarse bruine krullen; Jemasze strekte zich uit in de stuurhut en brak een van de vaten bier aan die ze aan boord hadden genomen. "Er bestaan minder plezierige manieren om te leven, dat is zeker," zei hij.

---

* Soum: het dikke, taaie, muisgrauwe korstmos dat het merendeel van de Palga bedekt.

Methuen verscheen boven de vlakte. Station nummer 2 was al lang in de verte verdwenen. De sarai zag er nog net zo uit als in het begin: een grijs vlakland, hier en daar verlucht door pluimen van geel stro en af en toe een laag groeiende platte bloem. De wolkenschaduwen streken over het soum; de lucht was fris, koud noch warm en rook zwak naar stro en het korstmos, dat een subtielere geur afgaf. Er was niets te zien, maar toch vond Elvo het landschap allesbehalve eentonig. Het veranderde voortdurend op een manier die hij niet makkelijk kon bepalen: misschien door het spel van wolken en schaduwen. De snel fluisterende wielen lieten een donker spoor op het soum na; soms gaven andere sporen aan dat er eerder zeilwagens waren gepasseerd.

Elvo zag dat de andere twee stonden te praten en naar achter keken. Hij stond op en keek naar de horizon in het zuiden, maar zag niets. Kurgech en Gerd vonden het niet nodig hem in te lichten en daarom stelde hij geen vragen.

In de middag markeerde een groep hobbels de horizon en toen ze dichterbij kwamen bleken dit heuveltjes te zijn die omzoomd waren door akkers: graan, meloenen, fruitbomen, boterhammenplant, peperstruiken, elixirdruiven. De landjes waren elk ongeveer een halve hectare groot en ze werden bevloeid door een stelsel van buizen die straalsgewijs aan een plas ontsprongen. Stuk voor stuk waren ze voorzien van een opvallende fiap.

Het was nu laat in de middag en omdat de vijver een goede plek om te baden was, besloot Gerd hier te kamperen. Elvo keek naar de fruitbomen, maar Gerd wees naar de fiaps. "Pas op!"

"Het fruit is rijp! Een deel ervan is al aan het rotten."

"Ik raad je toch aan eraf te blijven."

"Hmmf. Wat zou er gebeuren als ik bijvoorbeeld een van die mandarijnen opat?"

"Ik weet alleen dat wij er allemaal last van zouden hebben als je gek werd of doodging, dus bedwing alsjeblieft je eetlust."

"Prima," zei Elvo stijf. "Vanzelf."

Ze streken de zeilen, blokkeerden de wielen, namen een bad in de plas en maakten eten klaar op een klein kampvuur. Daarna ontspanden ze zich met een kop thee en sloegen een luisterrijke zonsondergang gade.

De schemer ging over in de nacht; de hemel straalde van talloze

sterren. Het sterrenbeeld Gyrgus wentelde om het zenit; in het zuidwesten scheen het Pentadex; in het oosten kwam het felle wonder op
dat de Alastor Groep was. De mannen legden met aerospore gevulde
dekens neer op het dek van het jacht en sliepen in.

Om middernacht werd Elvo wakker en dacht slaperig na over het
voorval van de vorige nacht. Was het echt gebeurd? Een hallucinatie?...
Op de Palga klonk een griezelig, zacht gefluit, dat een paar minuten
later werd gevolgd door precies zo'n geluid uit een andere richting. Elvo
stond geruisloos op en ging naar de mast. In het sterrenlicht boven hem
doemde een man op. Elvo's hart sprong in zijn keel en hij piepte van
angst. De man draaide zich om en gebaarde geprikkeld. Elvo herkende
hem: het was Kurgech. "Heeft u dat gefluit gehoord?" fluisterde hij.

"Insecten."

"Waarom staat u hier dan?"

"De insecten fluiten als ze gestoord worden — misschien door een
nachthavik of een walkinger."

Van maar tien meter afstand klonk een heldere fluittoon. "Gerd is
daarbeneden," fluisterde Kurgech. "Hij houdt de horizon in het oog."

"Waarom?"

"Om te zien wat ons achtervolgt."

De twee zwegen. Na een halfuur trilde het jacht en Gerds stem zei
zacht: "Niets."

"Ik heb niets gevoeld," zei Kurgech.

"Ik had een stel sensors mee moeten nemen," mopperde Gerd. "Dan
zouden we rustig kunnen slapen."

"De hoornkevers dienen ons even goed."

Elvo zei: "Ik dacht dat de Windrenners niemand lastigvielen."

"De Srenki vallen lastig wie ze willen."

Jemasze en Kurgech gingen terug naar hun dekens; Elvo Glissam
volgde hen niet veel later.

De dageraad overstroomde het oosten met rozerood licht. De wolken brandden rood, de zon verscheen. De zijden linten aan het want
van het jacht werden door geen zuchtje wind beroerd en de drie maakten geen haast met het ontbijt.

Omdat de wagen niet vooruit kon, klom Elvo naar de top van een
heuvel en aan de andere kant naar beneden waar hij wilde papaja's

ontdekte die kennelijk niet door fiaps werden bewaakt. Het fruit leek rijp en sappig: rode bollen met oranje sterren op de punten en omringd door zwarte spiraalvormige bladeren. Toch liet Elvo ze met rust.

Teruglopend om de voet van de heuvel kwam hij Kurgech tegen die een zak met kreeften droeg die hij uit een bevloeiingssloot had gehaald. Elvo bracht de papaja's ter sprake en Kurgech was het met hem eens dat er van gekookte kreeft en fruit een goede maaltijd te maken was. Samen gingen ze terug naar het bosje. Kurgech vond nergens een fiap; de twee mannen plukten zoveel vruchten als ze konden dragen en liepen terug.

Toen ze bij het jacht kwamen merkten ze dat alle draagbare uitrustingsstukken en proviand geplunderd waren. Terugkomend van een duik in de vijver voegde Gerd zich een ogenblik na de ontdekking bij hen.

Kurgech liet een reeks sissende Uldrase vloeken horen die tegen Moffamides gericht waren. "Zijn fiaps waren zwak als water: hij heeft ons naakt de vlakte op gestuurd."

Gerd knikte kort op zijn kenmerkende manier. "Iets anders hadden we natuurlijk niet moeten verwachten. Wat voor sporen zie je?"

Kurgech onderzocht het soum. Hij trok rimpels in zijn neus, boog zich dichter naar de grond en keek langs het oppervlak. "Een enkele man is gekomen en gegaan." Hij verwijderde zich twintig meter. "Hier klom hij in zijn wagen en reed weg in die richting." Hij wees naar het westen, om de heuvels heen.

Gerd dacht na. "De wind heeft nog steeds niet veel te betekenen. Erg snel kan hij dus niet gaan — als hij met een zeilwagen is." Hij tuurde naar het spoor, twee donkere strepen op het soum. "Het spoor buigt af; hij zeilt om de heuvel heen. Volg jij het spoor; ik loop over de heuvel en we vangen hem aan de andere kant. Elvo, blijf hier en bewaak het jacht voordat iemand de hele zaak steelt."

De twee mannen vertrokken. Kurgech draafde het spoor af; Gerd klauterde snel de heuvel op.

Kurgech zag de dievenwagen het eerst. Het was een kleine scheerzeiler met een hoge mast en drie spichtige wielen die niet harder reed dan een lopende man. Toen hij Kurgech in het oog kreeg trok de opvarende zijn zeil strakker en keek naar de hemel en de horizon, maar zag daar alleen Gerd Jemasze die hem van voren naderde.

Jemasze was eerder bij de wagen dan Kurgech. Hij stak zijn hand op. "Stop."

De opvarende was een middelbare man, niet erg groot. Zijn lichtgele ogen gleden over Jemasze's lichaam, hij liet de schoot vieren en remde. "Waarom belemmer je mijn doortocht?"

"Omdat je onze spullen hebt gestolen. Keer om."

Het gezicht van de Windrenner werd koppig. "Ik heb alleen genomen wat beschikbaar was."

"Heb je onze fiaps niet gezien?"

"De fiap is dood; zijn magie is vorig jaar al uitgewerkt. U heeft het recht niet om fiaps over te plaatsen; dat doen spelende kinderen."

"De fiaps van vorig jaar, hè?" peinsde Jemasze. "Hoe weet u dat?"

"Spreekt dat niet vanzelf? Ziet u de roze draad in het oranje niet? Ga opzij; ik ben niet de man voor loos gepraat."

"Wij evenmin," zei Gerd. "Keer om en zeil terug naar ons jacht."

"Geenszins. Ik doe wat mij behaagt en u kunt geen bezwaar maken; mijn fiap is vers en sterk."

Jemasze kwam dichterbij. Hij wees naar de heuvel. "Zie je die stenen daar? Wat zeg je ervan als we die voor en achter je boot stapelden? Draagt je fiap je over twee stapels rotsblokken heen?"

"Ik zeil weg voordat die stenen er liggen."

"Dan moet je over mijn lichaam varen."

"Nou en? Je persoonsfiap is een lachertje. Wie denk je voor de gek te houden? De fiap heeft aan een vat bier gehangen om te voorkomen dat de mout zuur werd."

Gerd lachte. Hij trok de fiap van zijn hoofd en smeet hem op de grond. "Kurgech, breng de stenen. We zullen deze dief ommuren zodat hij nooit meer wegkomt."

De Windrenner gaf een hartstochtelijke schreeuw van verontwaardiging. "Jullie zijn morfoten in vermomming! Moet ik dan altijd mijn winsten kwijtraken aan plunderaars? Bestaat er geen rechtvaardigheid meer op de Palga?"

"Nadat wij onze spullen terug hebben, zullen we filosofische gesprekken voeren."

Vloekend en mopperend keerde de Windrenner om en voer terug zoals hij was gekomen. Kurgech en Gerd liepen er achteraan. Nadat hij naast het jacht gestopt was, reikte de Windrenner slecht gehumeurd de goederen over die hij had gestolen.

Jemasze vroeg: "Waarheen gaat de reis?"

"Naar het station, waar anders?"

"Zoek dan Moffamides de priester op: vertel hem dat u ons ontmoet heeft. Vertel hem wat er gebeurd is en vertel hem ook dat als de fiaps die onze luchtwagen bewaken even vals zijn als de andere, dan nemen we hem mee naar de Alouan en sluiten hem voor altijd in een kooi op. Hij zal ons niet ontkomen; wij volgen zijn spoor waarheen hij ook gaat. Breng hem dat bericht en let op dat hij naar het hele verhaal luistert!"

Met zijn mond stijf dichtgeknepen van woede koerste de Windrenner op de pas opgestoken bries naar het zuiden.

Elvo en Gerd laadden de spullen weer in terwijl Kurgech de kreeften kookte voor onderweg. De zeilen werden gehesen en het jacht rolde vlot naar het noordoosten.

Tegen twaalf uur wees Kurgech de zeilen aan van drie hoge brigantijnen die bol op de wind stonden. "Dit is het eerste spoor."

"Als Moffamides ons de goeie weg heeft gewezen."

"Dat heeft hij inderdaad; zoveel waarheid las ik in ieder geval in hem. Ik las ook gemenigheid, en dat is nu dus bewezen."

"Nu begrijp ik waarom outkers zo zelden op de Palga komen," zei Elvo triest.

"Ze zijn niet welkom, dat is zeker."

De brigantijnen kruisten voor het landjacht langs. Het waren bierwagens, elk geladen met drie immense okshoofden. De opvarenden keken zonder nieuwsgierigheid naar het jacht en negeerden Elvo's gezwaai.

Het jacht stak het spoor over — een laan van platgereden soum — en koerste weer over de open sarai.

Een uur later passeerden ze een nieuw stel bevloeide landjes. Er waren Windrennerfamilies op aan het werk, bezig met ploegen, onkruid uittrekken, groenten oogsten, fruit plukken: hun huiswagens stonden in de buurt. Een eindweegs in de middag haalde het jacht precies zo'n huiswagen in: een zeswielige schoener met een tweetal hoge masten, drie kluiffokken en marszeilen. Op de achterreling leunden twee mannen, op het dek speelden kinderen, door de raampjes van de achterkajuit keek een vrouw toen het jacht naderde. Elvo passeerde ze aan lijzijde, wat hem hoffelijk leek. Maar de Windrenners reageerden niet en beantwoordden zijn opgewekte wuiven ook niet. Eigenaardige mensen, dacht hij. Kort daarna verlegde de schoener zijn koers en bolderde naar het noorden, waar hij al gauw een witte vlek werd en toen verdween.

De wind kwam nu met vlagen. In het zuiden stak een korst van zwarte wolken op. Jemasze en Kurgech reefden het grote zeil, lieten de bezaan zakken en namen de kluiver in; maar nog daverde het jacht op sissende wielen over het soum.

De wolken ijlden over hen heen en het begon te regenen. De drie mannen streken alle zeilen, remden en blokkeerden de wielen, gooiden een zware metalen ketting op de grond die via het want met de bliksemafleider was verbonden en verscholen zich daarna in de kleine kajuit achterop. Twee uur lang klauwde de bliksem aan de sarai zodat het bijna onafgebroken galmde van de donderslagen; toen dreef de storm naar het noorden af, de regen hield op en de wind ging liggen. Er bleef een onheilspellende stilte over.

De drie mannen kropen uit het hok tevoorschijn en zagen de zon ondergaan in een chaos van wolkflarden, een omgekeerd kleed met een laaiende paarsrode kleur. Terwijl Gerd en Elvo het jacht weer op orde brachten maakte Kurgech soep in de voorste kajuit. De drie mannen deden hun maal met papaja's, soep en hard brood.

Een trage bries blies de overgebleven stormwolken weg. De hemel glansde helder. De sarai leek totaal verlaten en eenzaam, en daarom verraste het Elvo dat Kurgech zo onrustig was. Na een paar minuten werd hij erdoor aangestoken en vroeg zenuwachtig: "Wat is er aan de hand?"

"Er komt iets op ons af."

Gerd stak zijn hand op om de wind te peilen. "Zullen we nog een uur of twee doorzeilen? We kunnen nergens tegenop botsen."

Kurgech stemde er meteen mee in. "Ik zal blij zijn als we in beweging zijn."

De zeilen werden gehesen en het jacht reed met een kalme vijftien kilometer per uur naar het noordoosten. Kurgech oriënteerde zich op Koryphons poolster Tethanor, de Teen van de Basilisk.

Ze reden tot middernacht, vier uur lang, toen Kurgech verklaarde: "Het dringende gevoel is weg. Ik voel geen druk meer."

"In dat geval is het tijd om te stoppen," zei Gerd. Ze borgen de zeilen, blokkeerden de wielen, legden hun dekens neer en vielen in slaap.

Bij het aanbreken van de dag maakten ze weer alles gereed voor de ochtendwind, die ook dit keer op zich liet wachten. De drie mannen beidden zwijgend de tijd. Toen de moesson eindelijk arriveerde rolde het jacht geluidloos weg naar het noordoosten.

Na een uur zeilen kruisten ze het tweede spoor. Ditmaal was er alleen ver achter hen een hoog, smal driehoekig zeil te zien.

De sarai begon te rijzen en dalen, eerst bijna onmerkbaar, daarna kwamen er lange brede heuvels en geulen. Richels van zwartval staken schuin omhoog uit het soum en voor het eerst begon het navigeren een zekere strategie en vooruitzien te vergen. De makkelijkste route liep meestal langs de begroeide richels, waar de wind het sterkst was en waar de grond meestal vlak lag. Vaak echter liepen de richels in een onbruikbare richting en moest de roerganger de ene helling af en de volgende op sturen; dikwijls moest de hulpmotor eraan te pas komen om de schuit de laatste tien à twintig meter naar de top te stuwen.

Er slingerde een rivier door het land op de bodem van een terrasdal met steile hellingen waar de boot niet kon komen, en een paar kilometer lang voeren ze langs de rand van het dal tot de rivier weer naar het noorden boog.

De wagen met het hoge zeil die ze al eerder hadden gezien, was een behoorlijk stuk ingelopen. Jemasze pakte de kijker en bestudeerde het voertuig. Daarna gaf hij de kijker aan Kurgech die even keek en een zachte Uldrase vloek uitte.

Op zijn beurt door de verrekijker turend zag Elvo een lange, zwarte wagen die uit drie segmenten bestond, elk voorzien van een bijzonder hoge mast en een smal zeil. Het vaartuig was gebouwd op snelheid en profiteerde optimaal van de wind. Er reden vijf mannen op het dek. Ze hingen aan het want of hurkten in de stuurhut. Ze droegen wijde zwarte broeken, hun bovenlijf was bloot en had de typische lichtbruine kleur van de Windrenners. Enkelen hadden hun haar in een rode sjaal gebonden. Als ze zich over het dek bewogen deden ze dat op een eigenaardig soepele, schokkende manier die bij Elvo associaties opriep met de schrikwekkende man die drie nachten daarvoor in de herberg was gekomen. Dit moesten dan Srenki zijn, wier enige deugd een overmaat aan ondeugd was, die met een loodzware ijver onversneden kwaad bedreven en zo hun soortgenoten verlosten. Elvo kreeg een koud en zwaar gevoel in zijn maag. Hij keek naar Gerd, die alleen belang in het terrein voor de boot scheen te stellen. Kurgech stond bij de mast en keek wazig naar de lucht. Elvo raakte ten prooi aan een klamme wanhoop; hij was om gecompliceerde redenen met de expeditie mee-gegaan, maar beslist niet op zoek naar de dood. Met knikkende knieën ging hij naar Gerd die bij het stuurrad stond. "Dat zijn Srenki."

"Dat meende ik ook al."

"Wat ga je eraan doen?"

Jemasze keek over zijn schouder naar de voortijlende zwarte schoe-ner. "Niets, tenzij ze ons molesteren."

"Zijn ze dat dan niet van plan?" riep Elvo. Zijn stem klonk heel wat schriller dan hij bedoeld had.

"Zo te zien wel." Gerd keek naar het zeil. "Recht voor de wind zouden we waarschijnlijk sneller gaan dan zij; hun zeilen hebben de neiging elkaar af te dekken."

"Waarom doen we dat dan niet?"

"Omdat het rivierdal ginds ligt."

Met de verrekijker inspecteerde Elvo de zwarte wagen. "Ze hebben wapens — lange geweren."

"Vandaar dat ik niet op ze ga schieten. Ze zouden terugschieten. Kennelijk willen ze ons levend vangen."

Opnieuw bestudeerde Elvo de aanstormende schoener totdat de gebaren en grimassen van de Srenki hem misselijk maakten. Met ver-stikte stem vroeg hij: "Wat zullen ze met ons doen?"

Jemasze haalde zijn schouders op. "Ze dragen rood, dat betekent dat ze een eed hebben gezworen om wraak te nemen. Ergens moeten wij ze beledigd hebben, al kan ik me niet voorstellen waar of wanneer."

Elvo bekeek het terrein voor de boot met de kijker. Hij riep tegen Gerd: "Daar komt een heuvel aan! Hij is te steil om overheen te rijden, en hij glooit naar het rivierdal. We moeten bijdraaien!"

Jemasze was het er niet mee eens. "Ze zouden ons binnen twintig seconden te pakken hebben."

"Maar wat kunnen we dan doen?"

"Doorrijden. Ga bij de slinger staan en hou je klaar om zeil te minderen als ik het sein geef."

Elvo staarde hem verbluft aan. "Zeil minderen?"

"Pas als ik het sein geef."

Elvo schuifelde mismoedig naar de mast en hield zich klaar. De Srenki hadden de afstand tussen de twee boten tot honderd meter verkleind; de drie hoge zeilen leken al boven het jacht te hangen. Tot Elvo's verbijstering liet Gerd de schoten vieren zodat het jacht langzamer reed en de schoener hen nog sneller inhaalde. Nu konden de Srenki nauwkeurig bekeken worden. Drie stonden er reikhalzend op het voordek met hun ingevallen gezicht in de schaduw onder het loodrecht invallende roze zonlicht. Tot Elvo's consternatie maakte Gerd de schoten nog losser. Hij opende zijn mond om te protesteren, maar klemde toen in blinde wanhoop zijn kaken op elkaar en keerde zich af.

De bodem aan de ene kant liep omlaag naar de geul van de rivier, terwijl hij aan de andere kant naar een afgeronde heuvel glooide. Het jacht helde over en slipte. De zwarte schoener was nu zo dichtbij dat Elvo de bemanning schor hoorde schreeuwen. De helling werd steiler; het jacht kwam gevaarlijk scheef te staan; toen Elvo over de reling keek zag hij angstaanjagend diep in de riviergeul; hij kneep zijn ogen dicht en klampte zich aan de mast vast. De wind veegde over de heuvel; het jacht huppelde als een krab de helling af.

"Reven!" riep Jemasze. Elvo keek wild achterom. Over de helling bolderend naderde de schoener razendsnel; een Srenki op het voordek had een enterhaak in zijn handen en maakte zich op om hem in de stuurhut van het jacht te smijten. "Reven!" riep Jemasze met bronzen stem.

Met stijve vingers draaide Elvo aan de zwengel en het grootzeil rolde naar beneden. Het jacht werd door een sterke windstoot getroffen; de wielen gingen omhoog. Elvo's maag kwam duizelig in opstand; hij haastte zich naar de hoge kant. Dezelfde windstoot raakte de hoge zeilen van de schoener en oefende een onweerstaanbare druk uit. Toen de wielen van de grond kwamen, probeerde de roerganger te voorkomen dat zijn schip kapseisde; stuurloos daverde de schoener de helling af. De wielen kaatsten over stenen en hobbels; de hoge masten beefden en schudden; de zeilen klapperden en knalden. Bij een van de wildste slingeringen gijpte de bezaan, de stuurman rukte aan het rad; de schoener stuiterde van een rotsblok, vloog van een richel en tuimelde ondersteboven de rivier in.

"Reven!" brulde Jemasze. Elvo zwengelde tot het zeil onzichtbaar was geworden. Jemasze schakelde de motor in. Met een behoedzame vaart loodste hij het jacht de heuvel af en daarna de vlakte op. Daar aangekomen verlegde hij de koers weer naar het noordoosten.

Het jacht rolde over de verlaten sarai, door een zo vredige middag dat Elvo begon te twijfelen aan zijn geheugen; hadden de Srenki wel bestaan? Heimelijk keek hij naar Kurgech en Gerd Jemasze: de een was nauwelijks cryptischer dan de ander.

De zon verzonk in een heldere hemel. De zeilen werden neergelaten, de wielen vergrendeld en ze sloegen hun kamp middenin de kale vlakte op.

Na een maaltijd van vleesconserven, biscuit en bier van het station zaten de drie mannen op het voordek tegen de kajuit geleund uit te rusten. Elvo kon de vraag niet langer voor zich houden: "Rekende je erop dat de schoener van de Srenki neer zou storten?"

Gerd knikte. "Ik maak geen aanspraak op grote wijsheid. Met hun smalle schip en drie hoge masten konden ze duidelijk geen steile helling hebben. Daarom wilde ik ze zover krijgen dat ze de rivier in reden."

Elvo grinnikte beverig. "En als dat niet gelukt was?"

"Dan hadden we het wel op een andere manier gedaan," zei Gerd onverschillig.

Elvo ging er niet verder op in. Jemasze's zelfvertrouwen was wel geruststellend maar ook een volmaakt voorbeeld van wat Elvo zo ergerlijk vond. Hij lachte zwak. Jemasze voelde zich bekwaam om iedere uitdaging aan te nemen. Hij, Elvo, niet, en bijgevolg werd hij haatdragend: zo lag de zaak. Elvo suste zijn aangetaste zelfrespect met de overweging dat hij hier tenminste een vermogen zag waarin hij Gerd overtrof: hij was in staat zichzelf te analyseren. Jemasze had kennelijk nooit de moeite genomen over zijn eigen psyche na te denken.

Zich naar Kurgech wendend stelde Elvo een vraag waar hij twee weken geleden niet over gepiekerd zou hebben: "Zit er nu iemand op ons spoor?"

Kurgech staarde door de schemeravond. "Ik voel geen nabije dreiging. Ver weg hangt een donkere mist om de horizon. Vannacht zijn we veilig."

Hoofdstuk IX

De ochtend bracht een stevige koele wind en met alle zeilen bij-gezet scheerde het jacht over de licht golvende sarai: een landschap even fris en zoet als de lente, vond Elvo. Trapganzen vlogen op voor de zingende wielen; plekken met roze en zwarte maagdenpalm bevlekten het verder grijze soum.

Toen de morgen half om was kregen ze een vloot van brigantijnen in het oog die naar het noorden voeren: het sein dat ze bij het derde spoor waren gearriveerd, zoals Moffamides had voorspeld. Een paar minuten later waren ze er, en tot Elvo's verbazing leidde het niet naar het noorden maar onomstotelijk naar het noordwesten. "We zijn zeker honderdvijftig kilometer omgereden," klaagde hij. "Als we vanuit het station meteen naar het noorden waren gegaan in plaats van noord-oost, hadden we ons een dagreis bespaard."

Gerd beaamde dit. "Moffamides had blijkbaar liever dat we deze route namen."

De boot haalde de huiswagens in. Kinderen met wilde haarbossen hingen over de reling en wezen; de mannen in de stuurhutten gingen staan en staarden; de vrouwen kwamen de hutten uit maar uit hun gelaats-uitdrukking viel niets op te maken. Opnieuw probeerde Elvo een vrien-delijke groet, die ook ditmaal door de Windrenners werd genegeerd.

Het spoor liep omlaag van een sterk golvend gebied naar een egale vlakte die zich tot voorbij de horizon uitstrekte. Met tussenpozen pas-seerden de reizigers kommen boordevol water die akkers en landjes bevloeiden waarop meloenen, peulvruchten, zoete wikke en granen werden verbouwd. Alle stukken grond werden bewaakt door fiaps.

Soms reed het jacht over de vlakte in gezelschap van brigantijnen, maar meestal waren er geen andere schepen te zien. Lange zonnige dagen werden afgewisseld door glinsterende sterrennachten. Vaak kwam de gedachte bij Elvo op dat dit een leven was om jaloers op te worden, een leven zonder beperkingen en met geen andere sleur dan die van de wind en de seizoenen. Misschien waren de Windrenners wel de verstandigste bewoners van Koryphon zoals zij over het weidse open land zeilden met grootse wolken boven hun hoofd en glorieuze zonsondergangen om het eind van de dag te markeren.

Op de vierde middag op het derde spoor doemde er een donkere veeg aan de horizon op die de verrekijker onthulde als een woud van massieve donkere bomen van een soort die Elvo niet kende. "Dat moet het Alubanwoud zijn," zei Jemasze. "Nu op naar de witte zuil."

Weldra kwam de zuil in het zicht — een object van tien meter hoog, gebouwd van een witte, bobbelige substantie als pleisterkalk. Aan de voet van de zuil was een oude man met een witte soutane bezig met een stamper in een grote ijzeren vijzel. Het jacht gleed tot stilstand naast de zuil. De oude man stond op en met op zijn gezicht de felle blik van een zeloot ging hij beschermend met zijn rug tegen de zuil staan. "Pas op met uw wagen. Dit is het Grote Bot. Stuur opzij."

Jemasze maakte een beleefd gebaar, waar de man niet op reageerde. "Wij zoeken een zekere Poliamides," zei hij. "Kunt u ons wijzen waar hij is?"

Voordat de oude man zich verwaardigde antwoord te geven doopte hij een kwast in de vijzel en zette een streek witkalk op de zuil. Toen wees hij met de kwast naar het bos en zei met een ruwe kraakstem: "Volg het pad; informeer bij de hexagoon."

Jemasze trok de rem weer los en de boot reed langs het Grote Bot naar het Alubanwoud.

Aan de zoom van het woud stopte Jemasze de wagen en het drietal stapte behoedzaam op de grond. De bomen waren de grootste die Elvo nog in Uaia had gezien: enorme gewrongen balken met de kleur en schijnbaar ook het soortelijk gewicht van ijzer, met een wirwar van zware takken en massa's lichtgrijze en grijsgroene bladeren. Een poos stonden de drie mannen zwijgend in het woud te staren waarin het pad kronkelend tussen scheef invallende zonnestralen en zwarte schaduwen verdween. Ze hoorden alleen een klamme stilte.

Kurgech zei zwaar: "We worden verwacht."

Elvo begreep opeens dat bij stilzwijgende afspraak de leiding van de onderneming op Kurgech was overgegaan. De Uldra mompelde nu tegen Gerd: "Laat Elvo bij de wagen blijven; jij en ik gaan verder."

Elvo wilde protesteren, maar de woorden bleven in zijn keel steken. In een onbeholpen poging om een grapje te maken zei hij: "Als jullie in last raken, geef dan een gil."

Kurgech zei: "Dat zal niet gebeuren. In dit heilige woud wordt geen warm bloed vergoten."

Jemasze zei zacht: "Ik ben bang dat Moffamides ons een zure grap geleverd heeft."

"Dat was vanaf het begin al duidelijk," zei Kurgech. "Toch is het beter om het spel uit te spelen zodat we met zekerheid kunnen handelen."

De twee gingen het bos in en meteen was de hemel afgeschermd door bladeren. Het pad werd smal en slingerde her en der, langs mosbanken en groepen bleke sterbloemen, door kleine open ruimten, door duistere tunnels met in de verte roze lichtbundels. Kurgech liep eigenaardig lichtvoetig op de bal van zijn voeten en draaide zijn hoofd van links naar rechts. Gerd voelde alleen stilte en rust; hij kreeg geen indruk van gevaar en Kurgechs houding wees ook niet op iets anders dan behoedzaamheid tegenover het onbekende.

Een open plek met een vloer van hemelsleutel lag voor hen; hier stond een zeshoekig bouwwerk van witte steen, tweemaal zo hoog als een mens en aan alle kanten open voor de trage winden van het woud. Voor het gebouw stond een priester in een witte soutane op hen te wachten, een broze man met een koud gezicht. "Outkers," zei hij, "gij zijt van verre gekomen, en u moogt met genoegen de rust van ons woud Aluban delen."

"Wij zijn inderdaad van ver gekomen," zei Gerd. "Zoals u weet komen wij voor Poliamides. Wilt u ons bij hem brengen?"

"Zeker, als dat uw wens is. Kom." De priester liep weg en de twee mannen volgden hem. De zon stond laag, het bos was schimmig geworden. Toen hij naar boven keek verstijfde Gerd: er zat een wit skelet in de boom. De priester zei: "Daar zit Windmeester Boras Mael, die zijn ziel door de bladeren ademt en zijn rechterteen aan het Grote Bot heeft gegeven." Hij wenkte hen verder.

Nu zag Gerd in veel bomen skeletten zitten.

De priester bleef weer staan en zei: "Hier moeten alle vermoeiden of bekommerden vrede sluiten met Ahariszeio. Hun vergankelijk vlees is begraven; hun beenderen omhelzen de boom; de ziel wordt geabsorbeerd en gereinigd en in de heilige lucht van de Palga geblazen om mee te rijden met de gezegende wolken."

"En Poliamides?"

De priester wees naar boven. "Daar zit Poliamides." Gerd en Kurgech keken even naar het geraamte. Toen vroeg Gerd: "Hoe is hij gestorven?"

"Hij begaf zich in een zo ernstige introspectie dat hij verzuimde te eten of drinken, en na enige tijd was zijn toestand niet meer te onderscheiden van de dood. Het feilen van zijn grove vitaliteit is nu vergeten en zijn ziel ademt uit de bladeren."

Met een scherpe klank in zijn stem vroeg Gerd: "Heeft Moffamides u verteld dat wij kwamen?"

Kurgech zei met een lage, diepe stem: "Spreek de waarheid!"

De priester antwoordde: "Moffamides verklaarde uw aanwezigheid, zoals zijn plicht was."

"Moffamides heeft ons pover behandeld," zei Gerd. "Hij heeft ons moedwillig bedrogen. Wij hebben een dikke appel met hem te schillen."

"Geduld, mijn vrienden, geduld en verdraagzaamheid. Keer terug nu naar uw outkerlanden, in nederigheid en niet in woede."

"Eerst rekenen we met Moffamides af."

"Waarom zou u een grief tegen Moffamides koesteren?" zei de priester. "U verlangde de aanwezigheid van Poliamides, en ziet! — uw wens is verhoord."

"En moeten wij daarvoor een week lang op reis worden gestuurd met waardeloze fiaps, om naar een stel dooie botten te koekeloeren? Moffamides zal niet lang genieten van zijn streek."

De priester zei op ernstige toon: "Het zou wijs zijn uw woede te matigen. Moffamides heeft u werkelijk een heilzame dienst bewezen. Als u zijn wenken ter harte neemt, zult u de trieste gevolgen van lage nieuwsgierigheid doorgronden. Zulke kennis is van onschatbare waarde. Poliamides bijvoorbeeld ging zo ver buiten zijn boekje dat hij steekpenningen van een outker aannam. Toen hij zijn dwaling inzag, kreeg hij een kwellend schuldbesef en werd zieltogend."

"Ik heb het gevoel dat u de weldadige gevolgen van Moffamides' verraad overdrijft," zei Gerd. "Hij zal niet gauw weer goedgelovige vreemden bedriegen. Dat verzeker ik u."

"De Palga is uitgestrekt," mompelde de priester.

"Het plekje waar Moffamides op staat is klein," zei Jemasze. "Dit plekje kunnen wij opsporen met Blauwe magie. Voorlopig hebben we genoeg van Poliamides gezien."

De priester liep zwijgend terug naar de zeshoek. Toen hij weer op de witte stenen stoep stond, glimlachte hij onverstoorbaar. Kurgech staarde hem aan. Langzaam hief de Uldra zijn rechterhand op. De ogen van de priester volgden de beweging. Kurgech hief ook zijn linkerhand op en nu geforceerd glimlachend leek de priester beide handen apart te bekijken, het ene oog naar links en het andere naar rechts. Uit Kurgechs linker handpalm kwam plotseling een verblindende witte lichtflits. Met een diepe, rustige stem riep hij: "Spreek uit wat in uw geest omgaat!"

Alsof ze zich op eigen kracht van zijn lippen wrongen, sprak de priester de woorden: "Jullie zullen outkerland nooit levend bereiken, arme dwazen!"

"Wie zal ons doden?"

Maar de priester had zich al hersteld. "U heeft Poliamides gezien," zei hij kortaf. "Ga nu verder."

Over het nu bijna onzichtbare pad liepen de twee terug naar de rand van het heilige woud Aluban.

Bij de steven van het jacht stond een eenzame en zorgelijke gestalte: Elvo. Toen hij zijn reisgezellen zag kwam hij opgelucht naar ze toe. "Jullie zijn zo lang weggebleven. Ik vroeg me al af wat jullie overkomen was."

"We hebben Poliamides gevonden," zei Gerd. "Zijn rechterteen maakt deel uit van het Grote Bot. Kortom — hij is een skelet."

Elvo keek verontwaardigd naar het woud. "Waarom heeft Moffamides ons hier dan heen gestuurd?"

"Dit is een prima plek om onze botten op te hangen." Elvo staarde hem aan alsof hij aan Gerds ernst twijfelde. Toen keek hij weifelend naar de bomen. "Wat schiet hij daarmee op?"

"Ik denk dat ze niet willen dat outkers de handel in erjins komen bekijken — vooral leden van het GEE niet."

Elvo grijnsde flets. Gerd stak zijn hand op. Uit het noorden woei alleen een licht windje. "Niet genoeg voor de wagen."

"Dit is geen goede plek," zei Kurgech. "We moeten weg." Jemasze en Elvo hesen de zeilen. Het jacht reageerde traag.

De wind ging liggen en het jacht rolde met slappe zeilen voort tot het stilstond, maar twintig meter van de massa bomen. "Blijkbaar moeten we hier kamperen," zei Gerd.

Kurgech keek naar het bos maar zei niets.

Jemasze haalde de zeilen omlaag en blokkeerde de wielen, Kurgech rommelde in de voorraden in het hok op de voorplecht, en Elvo liep omzichtig naar de rand van het bos en kwam terug met een armvol takken. Gerd maakte een afkeurend geluid maar zei niets toen Elvo naast het jacht een vuur aanlegde.

Ze aten brood en gedroogd vlees en wat fruit en dronken het laatste bier op. Elvo merkte dat hij geen honger of dorst had; hij voelde zich doodmoe en kon aan niets anders meer denken dan zich naast het vuur uit te strekken en weg te soezen…Wat een eigenaardig vuur, dacht hij. De vlammen leken niet te bestaan uit springende hete gassen maar uit stroop of gelei; ze bewogen zich traag, als de kelkbladeren van een monsterlijk grote rode bloem in een warme wind. Elvo keek loom naar Gerd of hij dit vreemde verschijnsel ook had opgemerkt. Jemasze zat met Kurgech te praten. Hij hoorde wat ze zeiden.

"…sterk en dichtbij."

"Kun je het verbreken?"

"Ja. Haal hout uit het bos — en zes lange stokken."

Jemasze zei tegen Elvo: "Word wakker. Je wordt gehypnotiseerd. Help me hout halen."

Versuft waggelde Elvo overeind en liep achter de ander aan naar de bomen. Nu was hij klaarwakker en hij gloeide van nijd. Jemasze's arrogantie was werkelijk grenzeloos; een schandaal, zoals hij bevelen durfde uit te delen! Nou, wat dacht hij van deze zware knoestige tak? Een uitstekende knuppel!

"Elvo!" zei Gerd scherp. "Word wakker!"

"Ik ben toch wakker," mompelde Elvo.

"Breng dan hout naar het vuur."

Elvo knipperde met zijn ogen, geeuwde, wreef in zijn ogen. Hij had geslaapwandeld en vreselijke dingen gedacht. Hij sleepte afgevallen takken aan. Kurgech sneed zes kromme stokken en plantte ze in de grond zodat er een zeshoek met een doorsnede van vier meter ontstond. De toppen van de staken verbond hij met stukken touw. Tussen de palen legde hij zes kleine vuren aan en aan de touwen hing hij kleine artikelen: kleren, de verrekijker, handwapens, allemaal niet afkomstig van de Palga.

"Blijf binnen de kring van vuren," zei hij. "Wij hebben dit buitenlandje aangelegd; nu moeten zij een grote krachtsinspanning doen om ons te bereiken."

Elvo zei klaaglijk: "Ik begrijp er niets van. Wat gebeurt er allemaal?"

"De priesters bestoken ons met geestmagie," legde Kurgech uit. "Zij gebruiken hun heilige voorwerpen en oeroude instrumenten en daarmee kunnen zij grote macht uitoefenen."

"Pas op dat je niet gaat dagdromen of indommelt," zei Jemasze. "Hou de vuren aan de praat."

"Ik zal m'n best doen," antwoordde Elvo kort.

De minuten gingen voorbij...tien, vijftien, twintig...Typisch, dacht Elvo, hoe de vuren liever smeulden dan echt brandden. De vlammen sputterden en flakkerden met smoezelige donkere vlammen. In het duister voelde hij plompe gestalten die hem met ogen als inktplassen aankeken.

Gerd zei: "Geen paniek, negeer ze gewoon."

Elvo lachte hees. "Ik zit te zweten, ik hijg; mijn tanden klapperen. Ik zal niet in paniek raken, maar de vuren gaan uit."

"Ik geloof dat het tijd wordt dat ik een beetje outkermagie toepas," zei Jemasze. Tegen Kurgech zei hij: "Vraag ze of ze prijs stellen op een bosbrand."

Een akelige stilte omknelde de lucht. Jemasze trok een brandende tak uit het grote vuur en deed een stap in de richting van de Aluban.

De spanning brak als een knappende tak. De vuren brandden weer normaal. Elvo zag geen hurkende gedaanten meer, alleen het door de sterren verlichte landschap. Jemasze liet zijn fakkel vallen en keek naar het bos in de onverschillige, verachtelijke houding die Elvo altijd zo irriteerde. Hij controleerde of het waaide, maar de nacht was windstil. Ze konden niet wegvaren naar de weldadige sarai.

Kurgech zei: "Er hangen woede en vrees in de lucht. Ze proberen het misschien op een gewone manier."

Plotseling gehaast zei Gerd: "Dan maar het bos in, waar we in ieder geval veilig zijn voor een hinderlaag."

De drie mannen klommen in de bomen en werden onzichtbaar in het diepe duister tussen de bladeren. Twintig meter van de bomen stond het jacht eenzaam in het schijnsel van de vuren op de sarai. Voor de honderdste keer peinsde Elvo dat als hij er door een wild toeval in mocht slagen weer veilig in Olanje te komen, hij genoeg herinneringen zou hebben om de rest van zijn leven op te teren. Hij betwijfelde of hij ooit een nieuwe reis over de Palga zou ondernemen... Hij spitste zijn oren. Het was doodstil. Zijn metgezellen waren onzichtbaar ergens links van hem. Hij grinnikte vreugdeloos. De hele toestand leek absurd en melodramatisch — tot hij er weer aan dacht hoe het terrein rondom het jacht zich had vernauwd en hem insnoerde.

Het werd steeds later en Elvo kreeg een onrustig gevoel. Het moest al middernacht zijn. Hij vroeg zich af hoelang Jemasze in de boom wilde blijven zitten. Toch niet tot het weer licht werd! Over vijf of tien minuten zou een van de twee wel concluderen dat het gevaar geweken was en dat het tijd werd om te gaan slapen.

Maar er gebeurde niets. Elvo haalde diep adem om zacht te roepen hoelang ze nog in de bomen wilden blijven. Hij had zijn mond al open, maar deed hem weer dicht. Jemasze keek hem er misschien op aan als hij riep. Hij had niet nadrukkelijk bevolen dat er gezwegen moest worden, maar Elvo begreep wel dat het als onmisbaar onderdeel van de strategie kon worden opgevat. Hij besloot zijn mond te houden. Kurgech en Jemasze zouden ook wel niet makkelijk zitten, en als zij het ongemak konden verdragen, kon hij dat ook. Om zijn verkrampte benen de ruimte te geven ging hij voorzichtig staan. Zijn hoofd stootte tegen een tak, die wegdraaide en langs zijn wang streek. Toen hij goed keek zag hij tegen de hemel niet een tak, maar een geraamte hangen. De botten waren met draad aan elkaar gemaakt. De rechtervoet bengelde bij zijn gezicht. Met bonzend hart nam Elvo zijn oude plaats weer in.

Plotseling hoorde hij een geluid, gedempt rumoer, gespartel tussen de droge bladeren. Hij sprong op de grond en zag daar Jemasze en Kurgech die neerkeken op een man die roerloos op de grond lag.

Hij wilde iets vragen maar Jemasze legde hem het zwijgen op...Geen geluid. Even later begon de man op de grond zich te bewegen. Jemasze en Kurgech sleepten hem naar het jacht. Elvo raapte een lang metalen voorwerp op en volgde hen. Hij zag dat het een geweer was. Gerd en Kurgech lieten de man bij het licht van het vuur vallen. Elvo riep verrast uit: "Moffamides!"

De priester staarde met ogen als gepolijste vuurstenen in de vlammen. Hij verzette zich niet toen Kurgech zijn enkels en polsen vastbond en hem met hulp van Gerd als een zak bonen in de boot mikte.

Jemasze hees de zeilen, die opbolden onder een koude bries waarvan Elvo niets had gemerkt. Het jacht reed weg in zuidoostelijke richting en liet het heilige bos Aluban achter zich.

Hoofdstuk X

De dageraad overspoelde de sarai met flets roze licht. De wolken in het westen en zuiden gloeiden karmijn en rozerood en Methuen klauterde de lucht in.

Bij een oase omringd door gevederde Uaiaanse acacia stopte het jacht voor het ontbijt. Moffamides had geen woord gesproken.

Bij de plas lagen verwaarloosde terreintjes met verwilderde vruchtbomen en bessenstruiken. De fiaps waren verweerd en niet meer geldig en Elvo toog met een emmer aan het oogsten.

Toen hij terugkwam zag hij dat Kurgech bezig was een heel eigenaardig toestel te bouwen. Van acaciatakken had hij een kubusvormig staketsel met ribben van een halve meter gemaakt waarvan de hoeken met touw waren vastgesjord. Hij sneed een oude deken in stukken en bevestigde die aan het staketsel om er een soort kist van te maken. Over de ene kant ervan timmerde hij een plank met een gat van anderhalve centimeter erin.

Dit gebeurde allemaal buiten de gezichtskring van de priester. Elvo kon zijn nieuwsgierigheid niet lang bedwingen. "Wat maakt Kurgech daar?" vroeg hij aan Gerd.

"De Uldra's noemen het een gekkenkist."

Jemasze sprak zo kortaf dat Elvo, die heel gevoelig was voor echte of ingebeelde kleineringen, van verdere vragen afzag. Gefascineerd keek hij toe terwijl Kurgech een cirkel van vezelplaat van vijftien centimeter breed uitsneed en daar een zwarte en witte spiraal op schilderde. Elvo verbaasde zich om zijn behendigheid. Opeens zag hij Kurgech in een nieuw licht: niet langer als een halve barbaar met typische gewoonten en rare kleren, maar een fier man van vele talenten. Verlegen dacht hij

terug aan zijn neerbuigende houding tegenover de Uldra — en dat voor
een lid van de Redemptionistische Alliantie!

Kurgech deed nu gecompliceerd werk en het duurde een uur voordat hij tevreden was met zijn toestel. De schijf draaide binnenin de kist
rond en werd aangedreven door een kleine windschoep.

Elvo kwam tot de conclusie dat hij het apparaat niet helemaal kon
goedkeuren, want hij raadde het doel. Met een mengsel van afkeer en
gefascineerdheid keek hij terwijl Kurgech zorgvuldig zijn gekkenkist
voltooide. Enigszins ironisch vroeg Elvo: "Werkt-ie?"

Kurgech keek hem koel aan en vroeg: "Zou je het willen uitproberen?"

"Nee."

Ondertussen had Moffamides in de volle gloed van Methuen zonder
eten of drinken op het dek gezeten. Kurgech ging naar de kajuit voorop
en pakte uit zijn kist een flesje met donkere vloeistof. Hij schonk water
in een kroes, mengde er een kleine hoeveelheid van de vloeistof door
en bracht de drank naar de priester.

"Drink op."

Zwijgend dronk Moffamides de kroes uit. Kurgech blinddoekte
hem en ging daarna op het voordek zitten. Ondertussen nam Gerd een
bad in de plas.

Na een halfuur stond Kurgech op. Hij sneed twee spleten dwars
over elkaar in de lap die de bodem van de kist vormde en een rond gat
bovenin. Nu tilde hij hem op en liet hem over het hoofd van de priester
zakken. Hij legde twee stokken over Moffamides' schouders om de kist
te steunen. Nadat hij zich ervan verzekerd had dat de luchtschoep vrij
ronddraaide op de wind, stak Kurgech zijn handen in de kist en verwijderde de blinddoek.

Elvo wilde een opmerking maken, maar Gerd, die terugkwam van
zijn bad, gebaarde streng dat hij zijn mond moest houden.

Na tien minuten hurkte Kurgech naast Moffamides en begon met
zachte stem te zingen: "Vrede; je rust uit en hebt vrede met de wereld;
de slaap is zoet, wanneer problemen in lucht oplossen en de angst verdwenen is. De slaap is zoet; de rust is nabij. Het is goed om te rusten,
om te rusten en te vergeten."

De propeller draaide langzamer toen de wind afnam; Kurgech knipte
er met zijn vinger tegen om hem aan de gang te houden. Binnenin de

doos draaide de geschilderde spiraal op de schijf voor Moffamides' ogen rond.

"De spiraal draait," zong Kurgech. "Hij brengt buiten naar binnen. Hij brengt ook jouzelf van buiten naar binnen, en je wordt helemaal kalm. Van buiten naar binnen, van buiten naar binnen, en ik zeg tegen jou: wat plezierig om je te ontspannen als niets je kwetsen kan. Kan iets of iemand je kwetsen?"

Uit de doos klonk Moffamides' stem: "Niets."

"Niets kan je kwetsen tenzij ik het beveel, en nu is er niets dan rust en vrede en de verlichting van het helpen van je vrienden. Wie wens je te helpen?"

"Mijn vrienden."

"Je vrienden zijn hier. De mensen hier zijn je vrienden, en alleen deze mensen hier. Kijk, ze snijden je banden door en maken het je behaaglijk." Kurgech verwijderde de boeien om de armen en benen van de priester. "Wat plezierig om gelukkig en behaaglijk bij je vrienden te zijn. Ben je gelukkig?"

"Ja, ik ben gelukkig."

"De spiraal heeft je aandacht naar binnen in je hersens gewikkeld, en het enige kanaal naar buiten is mijn stem. Je moet nu doof worden voor andere gedachten en de klachten van anderen. Alleen je vrienden, die je rust en vrede geven, verdienen je trouw. Wie vertrouw je, wie wens je te helpen?"

"Mijn vrienden."

"En waar zijn die?"

"Die zijn hier."

"Ja, natuurlijk. Ik zal nu de doos van je hoofd weghalen en dan zul je je vrienden zien. Eens, lang geleden, bestonden er een paar nietige meningsverschillen, maar niemand geeft meer iets om die zaken. Je vrienden zijn hier; verder is niets belangrijk."

Kurgech tilde de doos van Moffamides' schouders. "Adem de frisse lucht in en kijk naar je vrienden."

Moffamides haalde diep adem en keek van het ene gezicht naar het andere. Zijn ogen waren verglaasd; de pupillen waren heel klein geworden, misschien onder invloed van Kurgechs drankje.

Kurgech vroeg nu: "Zie je je vrienden?"

"Ja, ze zijn hier."

"Natuurlijk! Je bent nu één met je vrienden, en je wilt ze helpen bij alles wat ze doen. De oude manieren waren slecht; je vrienden willen kennis nemen van de oude manieren zodat jij rust krijgt. Vrienden hebben geen geheimen voor elkaar. Hoe luidt je cultusnaam?"

"Inver Elgol."

"En je geheime naam, die alleen jijzelf kent, en welke kennis je nu wilt delen met je vrienden?"

"Totulis Amedio Falle."

"Wat plezierig om geheimen te delen met je vrienden. Dat verlicht de ziel. Waar heeft Poliamides de outker naartoe gebracht?"

"Naar de Plek van Roze-en-Goud."

"Ah, werkelijk. En wat is dit voor Plek van Roze-en-Goud?"

"Dat is waar de erjins getraind worden."

"Dat moet een interessante plek zijn om te bezoeken. Waar is het?"

"In Al Fador in de bergen ten westen van station nummer 2."

"En daar heeft Poliamides de outker Uther Madduc naartoe gebracht?"

"Ja."

"Loert daar gevaar?"

"Ja, groot gevaar."

"Hoe kunnen wij daarheen gaan zonder gevaar te lopen?"

"Wij kunnen niet zonder gevaar naar Al Fador gaan."

"Uther Madduc en Poliamides zijn naar Al Fador gegaan en veilig weer teruggekomen. Zouden wij dat niet ook kunnen doen?"

"Ze hebben Al Fador gezien maar zijn er niet dichtbij gegaan."

"Dan doen wij dat ook, als het nog zonder gevaar te doen is. Hoe moeten we reizen?"

"Naar het zuidwesten, scherp voor de wind."

Het landjacht daverde over de sarai. Moffamides zat in elkaar gedoken in een hoekje van de stuurhut, apathisch, gemelijk, zwijgend. Elvo bestudeerde hem gefascineerd. Wat ging er in de geest van de priester om? Elvo probeerde een gesprek aan te knopen, maar vergeefs: Moffamides staarde hem slechts aan.

Vijf dagen voer het jacht voort, van het eerste tot het laatste licht, en nog langer als de sarai vlak was en de sterren de richting aangaven. De twee sporen werden weer gekruist en het jacht zeilde naar een gebied ten noorden van de heuvel waar ze de eerste keer hadden overnacht en kwam toen in een warme en naargeestige streek waar het soum onder een stoflaag lag. De wielen wierpen het stof de lucht in. De Volwodes kwamen in het zicht: een verre schaduw over het zuiden die veranderde in een tros staalgrijze pieken die zich hoog tegen de hemel strekten.

Elvo was nu even apathisch als Moffamides. Alle belangstelling voor de slavernij van erjins was hij kwijt, en deze misstand kon trouwens het best bestreden worden vanuit de forums van Olanje. Station nummer twee lag maar een dagreis naar het zuiden, maar hij durfde niet voor te stellen dat ze de reis afbraken. Zoals steeds waren de stemmingen van Gerd Jemasze ondoorgrondelijk. Wat Kurgech betrof was Elvo weer teruggevallen op zijn oorspronkelijke opinie. De man was sluw en wijs, competent in zijn eigen milieu, en dat was niet noodzakelijk de omgeving waarin Elvo zelf wilde uitblinken. Alles welbeschouwd zou hij met genoegen teruggaan naar Olanje. Schaine Madduc? Een verrukkelijk meisje om naar te kijken, met een hoofd vol bekoorlijke noties. Zo langzamerhand moest ze al even schoon genoeg hebben van Uaia als hij en het was heel goed mogelijk dat ze met hem mee terugging naar Szintarre.

Als hij het bezoek aan Al Fador overleefde... Elvo bekeek Moffamides en vroeg zich af in welke geestelijke staat de man verkeerde. Hypnotische suggestie, had hij altijd begrepen, daar kon je niet op vertrouwen. Een listig en kwaadwillend man als Moffamides zou heel goed kunnen veinzen dat hij zich aan hun wensen onderwierp, om hen dan des te beter te kunnen verraden. Maar Elvo bracht zijn achterdocht niet onder woorden tegenover Jemasze of Kurgech, die vermoedelijk evenveel van het onderwerp wisten als hij.

De Volwodes reikten hoog in de roze en blauwe lucht: kale pieken met hier en daar zwarte doornstruiken en een paar onvoldragen dorboompjes. Toen het jacht stopte voor de nacht kwam er op een vijftig meter afstand een erjin naar hen kijken. Langzaam hief het wezen zijn massieve armen op en stak zijn klauwen uit terwijl het de aanvalshouding aannam; zijn kraag kwam overeind. Jemasze haalde zijn

wapen tevoorschijn, maar de erjin liet zijn agressieve houding plotseling varen. Zijn kraag ging liggen en nadat hij nog een minuut had staan
kijken slofte hij weg.

"Vreemd gedrag," peinsde Jemasze. Door zijn verrekijker zag hij
het wezen verdwijnen. Toen Elvo zich omdraaide merkte hij dat
Moffamides de erjin nakeek en hij zag er nu niet uit als een versuft en
onderworpen man.

Een paar minuten later zei Elvo tegen Gerd wat hij ervan dacht.

"Tot dusver beheersen wij Moffamides nog," zei Gerd. "Kurgech
heeft het gecontroleerd. Wat er daarna gebeurt weet ik niet. Als hij in
leven wil blijven zal hij ons niet verraden."

"En de erjins? Zullen die ons vannacht niet aanvallen?"

"In het donker zien ze niet goed. 's Nachts zullen ze waarschijnlijk
niets doen."

Toch was het Elvo onprettig te moede toen hij naar bed ging. Tot ver
in de nacht bleef hij liggen luisteren naar de geluiden van de sarai: een
laag gekreun uit de eerste heuvels, dat al gauw verstierf; een gekwetter
vlakbij; boos gonzen van verschillende toonhoogte; van ver weg een
bonzend geluid als van een gong, zo geraffineerd dat iets vreemds in
Elvo's geest wakker werd en hem doodsangst aanjoeg. Kurgech had een
staaldraad tussen Moffamides' enkel en zijn been gebonden en hem
vervolgens met een droge lap opgewreven tot hij piepte, wat Elvo op
de zenuwen werkte. Hierdoor, of door het effect van de gekkendoos,
verroerde Moffamides zich de hele nacht niet.

Toen Elvo wakker werd zette het eerste licht de bovenste toppen
van de Volwodes in een brandende gloed.

Het ontbijt was karig en gauw afgelopen. Moffamides leek nog tries-
ter dan anders. Hij zat op de rand van het dek naar het noorden te
staren, weg van de bergen.

Jemasze ging naast hem zitten. "Hoe ver nog naar het trainingster-
rein?"

Moffamides keek geschrokken op en zijn gezicht veranderde water-
vlug van uitdrukking: van afwezigheid tot stuurse minachting, tot
minzame openhartigheid, tot iets snel en wilds als wanhoop. Elvo
kreeg het idee dat Kurgechs suggesties geen onwrikbare greep op
Moffamides meer hadden.

Jemasze herhaalde geduldig zijn vraag. Moffamides stond op en wees. "Het ligt ergens achter die keten, in de richting van de weerbarstige Volwodes. Ik ben er nooit geweest. Ik kan jullie niet verder gidsen."

Kurgech zei: "Ik zie daarginds sporen: misschien zijn die afkomstig van Uther Madduc."

Jemasze vroeg aan Moffamides: "Is dit het geval?"

"Ik neem aan dat het mogelijk is."

Op een bries uit het westen volgde het jacht de sporen die mogelijk van Uther Madducs windscheerder waren. Na verloop van tijd kregen de sporen tot verbazing van Elvo gezelschap van een tweede stel. "Het lijkt erop of Madduc gevolgd is!"

"Het is waarschijnlijker dat het allebei zijn sporen zijn, van de heenreis en de terugreis," zei Jemasze.

"Je zult wel gelijk hebben."

Onder een rotswand van grijs en rood zandsteen liep Madducs spoor dood. Jemasze streek de zeilen en zette de remmen aan. Moffamides klom moeizaam het jacht uit en bleef met opgetrokken schouders staan. "Jullie hebben mij niet meer nodig," zei hij. "Ik heb mijn best voor jullie gedaan; ik zal nu afscheid nemen."

"Hier?" vroeg Jemasze. "In de wildernis? Hoe wil je in leven blijven?"

"Ik kan het station in drie of vier dagen bereiken. Ik kan onderweg aan voedsel en water komen."

"En wat begin je tegen de erjins? Het wemelt er hier van."

"Ik vrees geen erjins; ik ben een priester van Ahariszeio."

Kurgech kwam naar hem toe en raakte zijn schouder aan. Moffamides boog zich huiverend opzij maar leek zich niet van hem los te kunnen maken. Kurgech zei: "Totulis Amedio Falle, nu mag je je zorgen vergeten; je bent bij je vrienden die je wenst te helpen en te beschermen."

Het hoofd van de priester ging met een ruk achteruit en zijn ogen kregen een stenen glans. "Jullie zijn mijn vrienden," zei hij zonder overtuiging. "Dit weet ik. En dus zou het mij smarten jullie lijken te zien. Daarom moet ik verklaren dat op dit moment een erjin je in de gaten houdt. Hij heeft tegen mijn geest gesproken; hij vraagt zich af of hij moet aanvallen."

"Zeg hem dat dat niet hoeft," zei Kurgech. "Vertel hem dat wij jouw vrienden zijn."

"Ja, dat heb ik al gedaan, hoewel mijn gedachten een beetje verward zijn."

Jemasze vroeg: "Waar is de erjin?"

"Hij staat tussen de rotsen."

"Nodig hem uit tevoorschijn te komen," zei Jemasze. "Ik heb erjins in het volle gezicht liever dan verborgen erjins."

"Hij is bang voor jullie wapens."

"Wij zullen hem geen kwaad doen als hij zijn vijandelijke gevoelens beteugelt."

Moffamides keek naar de rotsen en de erjin kwam eruit: een luisterrijk schepsel, een van de grootste die Jemasze ooit had gezien, mosterdgeel van borst en buik, bruinzwart van rug en poten. Een roodbruine kraag die begon tussen de kraakbeenplooien waar de optische processen van het wezen verscholen zaten, hing neer over de benen platen van zijn schouders. De erjin naderde ongehaast, schijnbaar bang noch vijandig en hij bleef op vijftien meter afstand staan.

Moffamides zei tegen Jemasze: "Hij wil weten waarom wij hier zijn in plaats van ergens anders."

"Leg uit dat wij reizigers van de Alouan zijn die belang stellen in het landschap."

Zich naar de erjin richtend zwaaide Moffamides met zijn armen en stiet een reeks sissende klanken uit. De erjin bleef roerloos staan, alleen zijn kraag gaf een ruk.

Kurgech beval de priester: "Vraag naar de makkelijkste weg naar het trainingskamp."

Moffamides herhaalde zijn vertoning met andere gebaren en klanken. De erjin reageerde zoals een mens zou kunnen antwoorden, door zich iets af te draaien en met zijn massieve arm naar het zuidwesten te wijzen.

"Vraag hoe ver," zei Jemasze.

Moffamides stelde de vraag; de erjin antwoordde met zachte sisklanken. "Niet zeer ver," zei de priester. "Twee uur, min of meer."

Jemasze keek sceptisch naar de erjin. "Waarom wacht hij ons hier op?"

Kurgech zei kalm: "Misschien heeft onze vriend Moffamides een gedachteboodschap vooruit gestuurd."

Moffamides zei zwak: "Louter toeval, dat kan niet anders."

"Is hij van plan ons aan te vallen?"

"Ik kan niets met zekerheid verklaren."

Jemasze gromde. "Ik heb nog nooit een wilde erjin gezien die zo kalm was."

"De erjins van de Volwodes zijn anders dan de wilde erjins van de Alouan," zei Moffamides. "Het is als het ware een ander ras."

Kurgech drentelde in de richting die de erjin had aangegeven en onderzocht de bodem. "Hier loopt het spoor," riep hij tegen Jemasze.

Jemasze keek naar het jacht, daarna naar Elvo, die raadde dat hij weer tot wachter benoemd zou worden. Maar Jemasze keerde zich naar de priester. "We hebben een fiap nodig om de wagen te bewaken, van betere kwaliteit dan eerst."

"Het vaartuig is veilig," zei Moffamides, "tenzij er een groep Srenki passeert, wat niet waarschijnlijk is."

"Toch hang ik er liever een sterke fiap aan."

Als een slechte verliezer nam Moffamides linten en kwasten van de oude fiaps en maakte er een nieuwe van. "De magie ontbreekt, het is alleen een waarschuwende fiap, maar hij zal voldoen."

De vier mannen gingen op weg door een kale geul met Kurgech voorop. Moffamides was de tweede in de rij, daarna kwam Elvo en Jemasze vormde de achterhoede. De erjin volgde het viertal op enige afstand.

De weg werd steil. De kloof ving en weerkaatste de roze zonnehitte.

Toen de groep bovenaan kwam, stonden de zwetende mannen te hijgen. De erjin voegde zich bij hen. Hij stond zo dicht bij Elvo dat diens huid tintelde. Uit zijn ooghoek keek hij naar de arm van het wezen met zijn eigenaardige zwarte klauwen en de op vingers lijkende voelsprieten die aan de basis van de klauwen ontsproten. Met een enkele snelle haal, dacht Elvo, kon het dier hem aan repen scheuren. Behoedzaam ging hij een paar stappen van het wezen vandaan. Aan Moffamides vroeg hij: "Waarom is dit schepsel zo anders dan de erjins van de Alouan?"

Moffamides' gebrek aan belangstelling voor het onderwerp was duidelijk. "Een groot verschil is er niet."

"Ik zie aanzienlijk verschil," zei Elvo. "Deze erjin is volgzaam. Is hij getemd of getraind?"

Moffamides stelde de erjin een vraag en antwoordde toen: "Kurgech is wat hij de 'oude vijand' noemt die een 'groene ziel' vertoont en daarom wordt de moordwoede* van de erjin niet opgewekt. Jij en Gerd Jemasze zijn outkers en dus niet van belang."

Jemasze vroeg: "Waarom volgt hij ons dan?"

Moffamides zei futloos: "Hij heeft niets beters te doen; misschien is hij van plan ons van dienst te zijn."

Jemasze snoof sceptisch. Hij bestudeerde de omgeving met zijn kijker terwijl Kurgech de door de wind schoongeschuurde kale grond afzocht naar het spoor van Uther Madduc, aanvankelijk zonder succes.

De erjin liep langs Elvo om de aandacht van de priester te trekken, waarna zich een half telepathische samenspraak ontspon. Toen riep Moffamides tegen Gerd: "Hij zegt dat Uther Madduc het plateau overstak en naar die kam daar in het midden klom."

De erjin draafde in de aangeduide richting en bleef wachten; toen de mannen niet meteen reageerden maakte hij dringende gebaren.

Kurgech ging het onderzoeken. De anderen volgden hem, langzamer lopend dan hij. Kurgech bekeek de grond en zag blijkbaar tekenen die hem geruststelden. "Dit is zijn spoor."

De erjin ging vooruit tegen een stapeling granietkeien op, zonder inspanning van de ene op de andere steen springend. Bovenop bleef hij staan wachten en het was bijna alsof hij zich bewust een houding gaf.

Toen de mannen hem hadden ingehaald rustten ze opnieuw uit. Ze stonden bovenaan een helling met een schaarse begroeiing van bruine zwingel en draadgras die tot de rand van een indrukwekkende kloof liep. De erjin liep weer verder, schuin over de helling over een plek met losse kiezels.

Elvo verwonderde zich mateloos over het vertrouwen dat Jemasze en Kurgech in het wezen stelden dat volgens het gezond verstand levensgevaarlijk was. Hij vroeg Jemasze: "Waar denk je dat hij ons heen brengt?"

"Langs het spoor van Uther Madduc."

---

* Moordwoede: een zwakke vertaling van een woord dat de explosieve ontlading van een enorme massa opgekropte emotie aanduidt, als de doorbraak van een dam of het wijd opengooien van een poort.

"Wantrouw je zijn bedoelingen niet? Misschien stuurt hij ons hele-maal de mist in."

"Kurgech maakt zich geen zorgen, en Kurgech is de spoorzoeker."

Elvo ging naast de Uldra lopen. "Is dit de weg die Uther Madduc heeft genomen?"

Kurgech beaamde dit.

"Hoe weet u dat nu zo zeker? Op deze stenen blijven toch geen sporen achter?"

"Het spoor is onmiskenbaar. Kijk: daar ligt een omgeschopte kie-zelsteen. De zichtbare kant is niet door de zon verbrand. Kijk daar: het web van stof is verbroken. De erjin leidt ons in de goede richting."

Een poos voerde de weg omlaag. Toen zwenkte de erjin weg van een geul die een route naar de bodem van de kloof leek te beloven. Kurgech bleef staan. Jemasze vroeg: "Wat is er?"

"Madduc en Poliamides zijn die geul in gegaan. Hun spoor loopt niet waar hij ons wil leiden."

Ze keken de erjin na, die nu dringende gebaren stond te maken. Moffamides zei: "Hij brengt jullie waar je vriend gegaan is."

"Hun spoor gaat hierdoor naar het dal."

"De erjin verklaart het. De weg is hier moeilijk, maar verderop mak-kelijker."

Jemasze keek eerst de ene kant uit, toen de andere. Elvo besefte dat hij hem nooit eerder had zien aarzelen. Ten slotte zei Jemasze mat: "Goed, we kijken waar hij ons hebben wil."

De erjin voerde hen langs een inderdaad moeilijk begaanbare route tegen een steile, afbrokkelende rotsbank op, over een slagveld van keien waar kleine blauwe hagedissen rondglipten en zonnebaadden, omhoog naar een heuvelrug en de helling erachter af. De erjin draafde vlot over alles heen; de mannen zwoegden en sloofden om hem bij te blijven. Het licht van de zon kletterde van de rotsen en zinderde in de lucht boven de kloof; de erjin danste vooruit als een vuurduivel.

Plotseling bleef de erjin staan alsof hij twijfelde. Jemasze sprak ruw over zijn schouder tegen Moffamides: "Zoek uit waar hij ons heen brengt."

"Waar de andere outker is gegaan," zei Moffamides gejaagd. "Deze weg is makkelijker dan van een rotswand naar beneden klauteren, dat kun je zelf ook wel zien!" Hij wees naar het terrein dat voor hen lag, waar de muren van de grote kloof opzij weken. De erjin draafde weer vooruit naar de bodem van het dal die een dramatisch contrast vormde met de kale en grimmige hellingen erboven. De lucht was koel en beschaduwd; een trage, boordevolle beek begaf zich rustig van plas naar plas onder roze en purperkleurige varenbomen en Uaiaanse cipressen.

Kurgech bestudeerde het bleke zand naast de beek en zei met een grom van onwillige verrassing: "Het wezen heeft ons niet bedrogen. Hier loopt een spoor, en Uther Madduc en Poliamides zijn hierlangs gekomen."

De erjin was al weer onderweg en wenkte hen, even ongeduldig als eerst. De mannen volgden hem trager dan hem lief was; hij rende vooruit, bleef staan en keek om, gebaarde en rende verder. Maar Kurgech boog zich abrupt over het spoor. "Hier is iets eigenaardigs."

Jemasze liet zich op zijn knieën zakken. Elvo keek van opzij toe terwijl Moffamides nerveus met zijn handen stond te wriemelen. Kurgech wees op het zand. "Dit is het spoor van Poliamides. Hij draagt de platte sandaal van de Windrenner. Dit, met de harde afdruk van de hiel, is van Uther Madduc. Eerst liep Poliamides voorop met nerveuze pas, begrijpelijk. Hier gaat Uther Madduc voor; hij loopt opgewonden en gehaast. Poliamides komt achter hem aan, en kijk waar hij stilstaat om achterom te kijken. Ze zijn niet op weg naar hun doel, ze komen er juist vandaan, heimelijk en gejaagd."

Iedereen keek om, behalve Moffamides, die de drie mannen in de gaten hield en zenuwachtige gebaartjes maakte. De erjin floot en siste. Moffamides zei geprikkeld: "Laten we niet talmen, de erjin wordt onberekenbaar en weigert misschien ons te helpen."

"Wij hebben geen hulp meer nodig," zei Jemasze. "We gaan weer terug."

"Waarom al die moeite gedaan?" zei Moffamides. "De sporen lopen stroomafwaarts!"

"Toch willen wij die kant op. Zeg de erjin maar dat we zijn hulp niet meer nodig hebben."

Moffamides bracht het bericht over. De erjin maakte een brommend geluid van misnoegen. "Het is niet nodig de kloof in te gaan!" zei

Moffamides tegen Jemasze. Maar deze was al teruggelopen. De erjin kwam eraan met lange glijdende passen, stiet toen een afschuwelijke schreeuw uit en sprong met uitgestrekte armen en grijpende klauwen op hen af. Elvo stond als verlamd; Moffamides dook in elkaar; Kurgech sprong opzij. Jemasze richtte zijn handwapen en vernietigde het schepsel toen het hoog opsprong.

De vier mannen staarden doodstil naar het lijk. De priester begon binnensmonds te kreunen.

"Stil!" grauwde Kurgech. Jemasze stak het wapen weer in zijn gordel en liep verder. De anderen volgden hem, met Moffamides als laatste. Hij liep als versuft. Hij raakte steeds verder achterop. Kurgech wierp hem een priemende blik toe; gehoorzaam haastte de priester zich voort.

De muren van het dal werden allengs steiler en waren ten slotte loodrechte wanden vanaf de bodem tot aan de rand van de hoge afgrond. Hier en daar stonden groepen bomen: jinko's, bengelfruit, Uaiaanse wilg, blauwbaise. Weldra kwamen ze bebouwde landjes tegen met broodwortel, peulvruchten, geeldoppen, de hoge witte halmen van graanmolk, rode pongeestruiken beladen met paarszwarte bessen. Hier lag een verborgen Arcadië, vond Elvo, stil en rustig en plechtig. Hij betrapte zich erop dat hij geluidloos probeerde te lopen en zijn adem inhield om beter te kunnen luisteren. Het pad veranderde in een smalle weg; blijkbaar naderden ze een bewoonde plek.

De vier mannen gingen nog omzichtiger voort onder de beschutting van de bomen en in de schaduw van de steile zuidelijke rotswand. Het pad was nu geplaveid met gebarsten en verkleurd roze marmer. In de zijkant van de rotsen gaapte een grote grot met daarin wat een bijzonder ingewikkeld geconstrueerde tempel of altaar van roze kwarts en goud leek.

Betoverd naderden de vier mannen de tempel, als het dat was, en zagen tot hun stomme verwondering dat het hele bouwwerk uit een enkel brok roze kwarts was gehakt dat rijkelijk versierd was met goud. De façade van twaalf meter hoog was in zeven verdiepingen verdeeld met elk elf nissen. Overal gloeide het kwarts met platen en linten van goud; met volmaakt vakmanschap hadden de handwerkslieden hun taferelen geënt op de vorm van het natuurlijke metaal en de bewerking van iedere nis maakte de indruk alsof de rots zo ontstaan was, altijd zo had bestaan, alsof de taferelen en onderwerpen een natuurwaarheid uitdrukten.

Het onderwerp van de taferelen was de strijd tussen gestileerde erjins en morfoten, allebei uitgerust met een vreemde pantsering of gevechtskledij en ze vochten met wat energiewapens van een gevorderd type leken.

In een betoverde bedwelming raakte Elvo een van de taferelen aan en waar zijn vingers de stoflaag wegnamen, gloeide het kwarts met zo'n levendig licht dat het stromend bloed leek.

In de laagste galerij zaten zes doorlopende openingen in het altaar. Elvo ging de meest linkse binnen en kwam in een hoge, smalle gang die een bocht maakte en bij de meest rechtse opening uitmondde. Het licht in de gang werd door verschillende ruiten en schermen van rozenkwarts gefilterd en leek bijna tastbaar rozerood, even zwaar als oude wijn. Iedere vierkante centimeter was microscopisch precies bewerkt; in het fel glanzende goud was ieder detail scherp. Vol ontzag liep Elvo de hele gang door. Weer buitengekomen ging hij de volgende opening in. Hier was het licht levendiger en lichter van kleur als het vruchtvlees van een pruim. Deze gang had twee derde van de lengte van de eerste. Hierna nam hij de middelste gang, waar het licht vurig roze was en waar de gouden platen en stroken glinsterden in het licht van buiten.

Buiten het altaar nam hij de façade van zeven verdiepingen in ogenschouw. Een schat, dacht hij, om de wereld mee te verbijsteren, en ook de andere werelden, het hele Gaiaanse Bereik; Hij bestudeerde de details van dichtbij. De stilistische vereenvoudigingen waren bijna onbegrijpelijk; de samenhang van de verschillende segmenten was niet meteen te doorzien. Erjins schenen tegen morfoten te strijden, maar beide groepen waren bijna onherkenbaar door hun groteske uitrusting. Erjins vlogen door de lucht in voertuigen die in het Gaiaanse Bereik nooit waren gezien; erjins stonden triomfantelijk zegevierend naast wat mensenlijken schenen voor te stellen. Elvo kreeg een ingeving. Opgewonden zei hij tegen Gerd Jemasze: "Dit moet een gedenkteken zijn, een geschiedschrijving in beelden! In de gangen zie je de bijzonderheden; de nissen aan de buitenkant zijn een soort inhoudsopgave."

"Heel goed mogelijk."

Kurgech was op zoek gegaan naar sporen. Nu kwam hij terug en wees naar een ravijn dat overwoekerd was door blauwe jinko's waar een dozijn roze parasolbomen dronken bovenuit staken. "Bovenop de rand hebben we Uther Madducs sporen ontdekt. Ze leidden omlaag door de geul. Poliamides heeft hem hier gebracht en leidde hem toen het dal in."

Elvo staarde nadenkend naar het altaar van rozenkwarts en goud. Hij vroeg: "Is dit Madducs geweldige grap? Waarom zou hij hierom lachen?"

"Er is nog meer te zien," zei Jemasze. "Laten we verder het dal in gaan."

"Pas op," waarschuwde Kurgech. "Uther Madduc ging heel wat sneller terug dan hij gekomen is."

Een halve kilometer lang liep het pad langs de beek en daarna ging het een verzameling zwartgombomen in die het dal hier verstikten.

Kurgech vormde geruisloos lopend de voorhoede. Methuen hing recht boven de groep. Verderop in het bos, waar de schaduwen fluweelzwart waren, stroomde een roze licht door de bomen.

Het pad verliet het bos. Zich verborgen opstellend keken de vier mannen naar het kamp van waaruit de erjins als slaven de wereld werden in gezonden.

Elvo's eerste gevoel was er een van teleurstelling. Was hij zover gekomen, had hij zoveel doorgemaakt om naar een paar onbestemde stenen gebouwen rond een stoffig erf te kijken? Hij besefte dat zijn twee metgezellen niet van plan waren de zaak van dichterbij te onderzoeken en Moffamides' benauwdheid grensde aan doodsangst.

De priester trok Jemasze aan zijn arm. "Laten we ogenblikkelijk weggaan. Wij staan hier met gevaar voor ons leven!"

"Eigenaardig! Dit is de eerste keer dat je ons zo'n waarschuwing geeft."

"Waarom had ik dat eerder moeten doen?" vroeg Moffamides. "De erjin wilde jullie naar de Tanglinwaterval brengen. Op dit moment zouden jullie ver weg zijn."

"Er is weinig te zien," zei Jemasze. "Wat voor gevaar is er?"

"Het is niet aan jou om dat te vragen."

"Dan wachten we en merken we het zelf wel."

Een dozijn erjins betrad het erf en vormde een lusteloze groep. Uit een van de gebouwen kwamen vier mannen in witte priestergewaden, en uit een ander nog twee erjins met een priester. Zonder waarschuwing stortte Moffamides zich uit het bos en rende schreeuwend naar het erf. Jemasze vloekte gedempt en rukte zijn geweer tevoorschijn. Hij richtte, maar maakte toen een geërgerd geluid en vuurde niet. Met afschuw toekijkend voelde Elvo een opwelling van dankbaarheid jegens Jemasze: het was onrechtvaardig om de arme Moffamides te doden, die hun geen trouw verschuldigd was.

"We kunnen beter vertrekken," zei Jemasze, "en snel. We gaan de geul in waardoor Madduc hier is gekomen; dat moet de kortste weg naar de wagen zijn."

Ze renden door het bos, over het pad door het bouwland. Ze staken de rivier over en haastten zich naar het beboste ravijn tegenover de tempel.

Er barstte een groep erjins uit de bomen. Toen ze de drie mannen zagen zetten ze de achtervolging in. Jemasze vuurde zijn handwapen af; doorboord door een naald van dexax viel een van de erjins gebroken neer. De anderen wierpen zich plat op de grond en vuurden schoten af uit lange Windrennersgeweren. Jemasze, Kurgech en Elvo sprintten naar de dekking van de bomen bij het begin van de geul. De kogels passeerden hen zonder schade aan te richten.

Jemasze legde zorgvuldig aan en doodde nog een erjin, maar deze werd door een dozijn anderen gevolgd en Elvo riep in doodsnood: "Rennen! Dat is onze enige kans!"

Jemasze en Kurgech schonken geen aandacht aan hem. Elvo keek koortsig om zich heen en hoopte op een wonderbaarlijke redding. De zon was een eind opgeschoven en wierp een roze gloed door de kloof. Het altaar met de zeven lagen straalde een griezelige schoonheid uit. Zelfs in zijn angst vroeg Elvo zich af wie het had gebouwd. Vast en zeker erjins. Hoelang geleden? In welke omstandigheden?

De twee andere mannen vuurden keer op keer op de groep erjins die zich in het bos terugtrokken. "Ze klimmen omhoog en beschieten ons dan van boven," zei Jemasze. "Wij moeten het eerst op de top zijn!"

Ze klommen door de geul omhoog met bonzend hart en naar adem snakkende longen. De hemel werd breed, de rand van het tafelland was niet veel hoger meer. Van beneden kwam af en toe nog een schot, dat veel te dichtbij insloeg; omkijkend zag Elvo dat de erjins moeiteloos naar boven renden.

Hijgend bereikten ze het tafelland. Elvo liet zich op handen en knieën vallen en de adem schuurde door zijn keel. Maar Jemasze zei: "Daar komen ze. We gaan!"

Elvo wankelde overeind en zag een dozijn erjins aan de rand van de vlakte op een halve kilometer naar het noorden. Jemasze pauzeerde even om het land te verkennen. Pal in het oosten, achter een reeks kammen, hellingen en geulen wachtte het jacht. Als ze in die richting poogden te vluchten zouden ze een doelwit vormen voor de lange geweren van de erjins en spoedig gedood worden. Honderd meter naar het zuiden rees een gebroken piramide van verpulverd gneis op: een natuurlijk fort dat tenminste een tijdelijke beschutting bood. De drie mannen klauterden over de losse stenen naar de top, waar ze een bijna vlak gebied van vijftien meter breed aantroffen. Jemasze en Kurgech lieten zich zonder aarzelen vallen en kropen naar de rand, vanwaar ze op de erjins op de lager gelegen vlakte begonnen te schieten. Elvo dook ineen en legde aan, maar kon zich er niet toe brengen ook te schieten. Wie had er gelijk en wie niet? De mannen waren indringers; hadden zij het recht degenen te straffen op wier rechten zij inbreuk hadden gemaakt?

Jemasze merkte dat Elvo niet vuurde. "Wat is er mis met je geweer?"

"Niets. Het is alleen zo doelloos. We zitten hier in de val; we kunnen niet ontkomen. Wat maakt één dode erjin meer of minder dan uit?"

"Als dertig erjins ons aanvallen en wij doden er dertig, dan gaan wij vrijuit," legde Jemasze uit. "Doden wij er maar vijfentwintig, dan zitten wij inderdaad, zoals jij zegt, in de val."

"We hebben geen schijn van kans om ze alle dertig te doden," mompelde Elvo.

"Toch hoop ik dat te doen."

"En als er nu meer dan dertig zijn?"

"Hypothesen interesseren me niet," zei Jemasze. "Ik wil alleen in leven blijven." Ondertussen richtte en schoot hij met zoveel succes dat de erjins zich terugtrokken.

Kurgech verkende het zuiden. "We zijn omsingeld."

Elvo ging op een richel zitten. De zon, al tot halverwege de horizon in het westen gevorderd, legde zijn schaduw over de kale grond. Geen water, dacht Elvo. Over drie of vier dagen zouden ze dood zijn. Hij zat als verdoofd met zijn ellebogen op zijn knieën en liet zijn hoofd hangen. Jemasze en Kurgech zaten een poos met elkaar te mompelen en toen ging de laatste op een plek zitten waar hij het oosten kon overzien. Elvo keek hem verwonderd na. De oostkant van de piramide was de minst kwetsbare zijde... Hij haalde diep adem en probeerde zich te vermannen. Hij stond op het punt te sterven, maar hij zou deze onaangename procedure zo beschaafd mogelijk tegemoet treden. Hij stond op en liep weg. Bij het horen van zijn voetstappen keek Jemasze om. Meteen zei hij ruw: "Ga liggen, idioot!"

Er floot een kogel door de lucht. Elvo kreeg een wrede, daverende stomp. Hij viel en bleef naar de hemel liggen staren.

HOOFDSTUK XI

IN MORGENWAKE gingen de dagen voorbij zonder dat de ene veel verschilde van de volgende. Schaine en Kelse bestudeerden de slordige en vaak mysterieuze gegevens die Uther Madduc had nagelaten en kozen een nieuw systeem om het beheer van het domein te vergemakkelijken.

Iedere ochtend aan het ontbijt pleegden de twee overleg, soms in harmonie, soms in een sfeer van onenigheid. Schaine moest toegeven dat zij weliswaar genegenheid voor Kelse voelde, maar hem niet erg aardig vond. Kelse was zuur, star en nurks geworden en ze begreep niet waardoor. Zeker, Kelse had erg geleden; toch had hij weinig last van het verlies van zijn arm en been. In zijn plaats zou ze nooit tot tobben zijn vervallen. Ze kreeg een idee. Misschien was Kelse verliefd op iemand die hem om zijn handicap had afgewezen.

Het idee fascineerde haar. Wie kon dit zijn?

Het gezelligheidsleven tussen de domeinen was een vrolijke uitwisseling. Er waren feesten, bals, fiesta's en karoos die bleke imitaties waren van de Uldrase kermissen van wellust, vraatzucht en psychologische loutering. Kelse gaf toe dat hij zich maar zelden bij dergelijke gelegenheden liet zien, dus toen er van domein Ellora een uitnodiging voor een daglange picknick in de wonderschone Elloratuinen arriveerde, nam Schaine die voor zichzelf en voor Kelse aan.

De picknick was een verrukkelijke gebeurtenis. Tweehonderd gasten zwierven door het park van vijfentwintig hectare dat de familie Lilliet al tweehonderd jaar met zorg omringde. Iedere volgende generatie verbeterde het werk van de voorgaande en breidde het uit. Schaine vermaakte zich geweldig en hield ondertussen een geboeid oog op Kelse. Zoals ze had verwacht, deed hij geen poging zich onder de jongere mensen te mengen — hij was maar twee jaar ouder dan zij — maar zocht uitsluitend het gezelschap van de aanwezige landbaronnen.

Schaine hernieuwde talrijke oude vriendschappen en hoorde dat Kelse bij de meisjes doorging voor een verlegen en bruuske jongeman, zoals ze al vermoedde.

Schaine zocht hem op en zei: "Ik heb heel wat complimenten over jou te horen gekregen. Eigenlijk moet ik het niet zeggen, anders word je misschien nog ijdel."

"Weinig kans op," mopperde Kelse. Schaine vatte dit op als een uitnodiging om verder te gaan.

"Ik heb net gesproken met Zia Forres. Ze vindt jou heel aantrekkelijk, maar ze durft niet goed met je te praten uit angst dat je haar ongelukkig maakt."

"Zo opvliegend ben ik nu ook niet, en ijdel al helemaal niet. Zia Forres mag met me praten wanneer ze maar wil."

"Het compliment lijkt je niet te plezieren."

Kelse grijnsde misselijk. "Ik schrik ervan."

"Nou, kijk dan tenminste plezierig geschrokken, en niet alsof iemand een steen op je voet heeft laten vallen."

"Op welke voet?"

"Nou, op je hoofd dan."

"Om eerlijk te zijn, zit ik aan andere dingen te denken. Er is nieuws uit Olanje. De redemptionisten hebben de Mull eindelijk overgehaald een bevelschrift uit te vaardigen — tegen ons gericht, natuurlijk."

Schaine kreeg een mistroostig gevoel. Als die ontmoedigende problemen nu maar weg wilden gaan, of in ieder geval vergeten werden, al was het alleen maar voor vandaag! Berustend vroeg ze: "Wat voor bevel?"

"De landbaronnen wordt gelast samen te komen met een raad van stamhoofden. Wij moeten alle aanspraken op een wettig eigendom laten varen; wij moeten erkennen dat het eigendom berust bij de stammen die vanouds op de domeinen domicilie hebben. Wij mogen de huizen met een stuk grond van vijf hectare er omheen houden, en als het de stamraden behaagt mogen wij verzoeken om een huurcontract voor andere landerijen dat de termijn van tien jaar niet mag overschrijden, en op niet meer dan vijfhonderd hectare per domein betrekking mag hebben."

Spottend zei Schaine: "Het kon erger. Ze zouden de huizen ook nog verbeurd kunnen verklaren."

"Ze hebben nog niets verbeurd verklaard. Een manifest bestaat alleen uit woorden. Wij hebben het land in bezit en dat blijft zo."

"Dat is niet reëel, Kelse."

"Volgens mij wel. Wij hebben onszelf uitgeroepen tot een politieke eenheid die onafhankelijk is van de Mull; zij oefenen geen gezag meer over ons uit — voor zover ze dat ooit gedaan hebben."

"Realistisch bekeken is de situatie als volgt. Szintarre telt een bevolking van miljoenen. De politieke eenheid waar jij over praat heeft maar een paar duizend leden. De Mull heeft veel meer macht. We zullen moeten gehoorzamen."

"Je kunt macht niet gelijkstellen met het aantal mensen," zei Kelse. "Vooral niet met stadsmensen. Maar we hoeven ons niet direct zorgen te maken. Althans niet wat onze kant aangaat. Wij zullen geen redemptionisten doodmaken, tenzij ze hier komen om ons dood te maken. Ik hoop dat ze zich bedenken."

Schaine wendde zich woedend af. Ze was in de stemming om iets wilds en schandaligs te doen. Maar ze bedwong zich en zocht haar oude vrienden weer op. De dag was zijn bekoring kwijt.

Terug op Morgenwake zagen Schaine en Kelse tot hun verrassing zes ouderen van de Ao's die op het gras voor het huis zaten. Kelse mompelde: "Wat is er nu voor urgents aan de hand?"

Schaine zei: "Ze hebben het nieuws uit Olanje ook gehoord. Ze zijn gekomen voor je handtekening onder het huurcontract."

"Vast niet." Kelse aarzelde toch voor hij het ging uitzoeken. "Wacht jij maar in het huis, je weet maar nooit." En zo keek Schaine vanachter het raam van de grote salon aan de voorkant terwijl Kelse over het gras naar de wachtende Ao's liep.

Hij kwam vlugger weer binnen dan hij naar buiten was gegaan. Schaine rende hem tegemoet in de gang. "Wat is er gebeurd?"

"Ik moet met de Standaard naar het noorden. Zagwitz heeft een boodschap van Kurgech gehad. Een geestboodschap, uiteraard, en het dondert."

Schaine's hart vloog naar haar keel. "Weten ze hoe, of waarom, of waar?"

"Ik weet niet zeker wat ze weten. Ze willen dat ik ze naar de Volwodes breng."

"Hoe is het met Gerd en Elvo?"

"Ze hebben er niets over gezegd."

"Ik ga met je mee."

"Nee. Het is gevaarlijk. Ik blijf over de radio contact met je houden."

Om middernacht was de luchtwagen weer terug met Kurgech en Gerd Jemasze terwijl Elvo Glissam amper bij kennis op een geïmproviseerde draagbaar lag. Kelse had hem al een desinfecterend middel tegen allerlei ontstekingen en een pijnstiller uit de noodkist van de wagen gegeven. Gerd en Kurgech droegen de baar naar de ziekenboeg waar Cosmo Brasbane, de arts van het domein, Elvo's kleren verwijderde en hem verder verzorgde.

Kurgech maakte aanstalten het huis te verlaten. Gerd riep hem terug. "Waar gaat u naartoe?"

Kurgech zei rustig: "Dit is het huis Morgenwake, en de tradities van jullie volk zijn streng."

Gerd zei: "Jij en ik hebben samen te veel doorgemaakt; zonder jou zouden we allemaal dood zijn. Wat goed genoeg is voor mij, is goed genoeg voor jou."

Schaine, die naar Gerd had gekeken, kreeg het verschrikkelijk warm. Ze wilde lachen en ze wilde huilen. Natuurlijk, natuurlijk! Ze hield van Gerd Jemasze! Door vooroordelen en onbegrip verblind had zij zich dit niet kunnen bekennen. Gerd Jemasze was een man van de Alouan; zij was Schaine Madduc van Morgenwake. Elvo Glissam? Nee.

Nors zei Kelse — en misschien hoorde alleen Schaine de bijna onmerkbare tegenzin in zijn stem: "Gerd heeft volkomen gelijk; in situaties als deze kunnen de tradities niet voorzien."

Maar Kurgech schudde zijn hoofd en ging met een flauwe glimlach een stap achteruit. "De expeditie is voorbij; de omstandigheden zijn weer als eerst. Onze levens volgen andere paden, en zo hoort het."

Schaine rende naar hem toe. "Kurgech, doe niet zo plechtig en noodlottig; ik wil dat je bij ons blijft. Ik weet zeker dat je honger hebt en ze zijn al bezig met het eten."

Kurgech ging de deur uit. "Dank u, vrouwe Schaine, maar u bent outker en ik ben Uldra. Vannacht zal ik meer op mijn gemak zijn bij mijn eigen mensen." Hij verdween.

's Ochtends toen Elvo Glissam met een verband om zijn schouder en met zijn linkerarm in een mitella aan de ontbijttafel kwam, zag hij dat de anderen er al waren en druk zaten te praten. Allen waren emotioneel uitgeput maar tegelijkertijd bijna euforisch van opwinding, zodat allerlei opmerkingen en meningen naar buiten kwamen die in andere omstandigheden misschien nooit waren aangesneden.

Het gesprek verliep snel en luchtig en raakte aan een groot aantal onderwerpen, maar altijd vluchtig. Met een zwakke en verwonderde stem vertelde Elvo, alsof hij een nachtmerrie beschreef, zijn versie van de gebeurtenissen van de afgelopen twee weken. Nu kwamen Schaine en Kelse meer bijzonderheden te weten dan ze uit Gerd hadden kunnen krijgen.

Schaine vroeg verbijsterd: "Maar waar blijft de wonderbaarlijke grap? Ik heb nog niets gehoord dat ook maar in de verte grappig is."

"Vader had een vreemd gevoel voor humor," zei Kelse. "Voor zover hij tot humor in staat was."

"Dat moet wel," vond Elvo. "Van alles wat ik van hem heb gehoord, moet hij een bijzondere man zijn geweest."

"Nou," daagde Schaine hem uit, "wat is die grap dan?"

"Voor mij is het te subtiel."

Van opzij naar Gerd kijkend meende Schaine hem te zien glimlachen. "Gerd! Jij weet het!"

"Ik weet het niet zeker."

"Vertel het dan! Alsjeblieft!"

"Laat me er even over nadenken; ik weet niet of het een grap of een tragedie is."

"Vertel toch! Laat ons het maar beoordelen."

Gerd aarzelde te lang en Elvo, die bijna in een roes was doordat de spannende tijd achter de rug lag, was hem voor. "Grap of geen grap, die tempel is een geweldige ontdekking. Morgenwake is binnenkort even beroemd als Gomaz en Sadhara! De mensen komen met excursiewagens uit Olanje aanvliegen!"

"We kunnen een hotel beginnen en een fortuin verdienen," opperde Schaine.

"Wat moeten wij met een fortuin?" bromde Kelse. "We hebben genoeg geld."

"Als we Morgenwake mogen houden."

"Ha. Wie pakt het ons af? Zeg niet de Mull."

"De Mull."

"Nee."

"Dan ontferm ik me wel over het fortuin," zei Schaine. "We hebben een nieuwe grote wagen nodig. De Sturdevant is kapot, weet je nog? Ik stel voor dat we een nieuwe Sturdevant kopen."

Kelse maakte een vertwijfeld gebaar. "Hoe moeten we dat betalen? Heb je enig idee hoeveel een degelijke grote wagen niet kost?"

"Wat doet het geld ertoe? We organiseren onze eigen excursies naar deze prachtige tempel. En vergeet het hotel niet!"

Elvo vroeg: "Ligt dat dal nog in de Palga of al in het Oudland of wat?"

"Daar heb ik over nagedacht," zei Gerd. "De kloof loopt ten westen en ten zuiden van de Volwodes. Dat is het land van de Ao's en het domein van Morgenwake."

"Dan is het geen probleem," vond Elvo. "Jullie hebben een magnifiek historisch monument en je hebt alle recht om een hotel te bouwen!"

"Niet zo haastig," zei Kelse. "De Mull en de redemptionisten zeggen dat alleen de kleren die we aanhebben van ons zijn; wie heeft er gelijk?"

"Ik ben het met je eens dat er een uitspraak over gedaan moet worden," zei Elvo. "Maar al ben ik een redemptionist, mijn vrienden hier in Morgenwake wens ik het allerbeste toe."

"Vreemd dat de Ao's niets van de tempel weten," zei Gerd. "Ik heb op de kaart gekeken; hij staat op het stamland van de Ao."

"Maar hij staat ook dicht bij de Oudlanden," zei Kelse. "Misschien weten de Garganche ervan."

"Aha!" riep Schaine. "Nu is alles glashelder. Jorjol heeft de tempel ontdekt; hij wil een hotel bouwen, en daarom wil hij ons van Morgenwake schoppen!"

"Jorjol is tot alles in staat," zei Kelse.

"Je doet arme Muffin onrecht," zei Schaine. "Hij is echt heel ongecompliceerd, heel openhartig, reuze open. Ik begrijp hem volmaakt."

"Dan ben je de enige," zei Kelse.

"Ik denk er ook anders over," zei Elvo. "Jorjol is een heel gecompliceerde figuur. Bekijk hem eens vanuit het standpunt van een psycholoog. Hij is tegelijk een outker en een Uldra. In zijn hersens functioneren twee stellen ideeën. Hij kan niets denken zonder ogenblikkelijk het tegendeel op te roepen. Het is nog een wonder dat hij zoveel bereikt!"

"Zo verbazend is dat niet," zei Kelse. "Outker of Uldra, Jorjol is in de allereerste plaats iemand die alleen aan Jorjol denkt. Hij pendelt tussen zijn twee rollen zoals het hem het best uitkomt. Op dit moment is hij een Garganche: de doldrieste Grijze Prins. Weet je, het is helemaal niet onwaarschijnlijk dat hij de luchthaai bestuurde die vader neerschoot, en de Apex ook."

Schaine ontkende dit verontwaardigd. "Wat een baarlijke onzin! Je kent Jorjol toch beter dan dat? Hij is fier en ridderlijk! Een meedogenloze moordenaar? Uitgesloten!"

Kelse was niet overtuigd. "Volgens de regels van de Garganche staat een meedogenloze moord gelijk met fier en ridderlijk gedrag."

"Je bent helemaal niet eerlijk tegenover Jorjol." zei Schaine. "Zijn 'fier en ridderlijk gedrag', of hoe je het ook wilt noemen, heeft jouw leven gered. Hij moet in ieder geval geprezen worden om zijn moed."

"Dat geef ik toe," zei Kelse. "Maar van zijn trouw heb ik niet zo'n hoge dunk."

Schaine lachte. "Trouw aan wie? Aan wat? Ik heb nooit te klagen gehad."

"Natuurlijk niet; jij was verliefd op hem."

Schaine slaakte een geduldige zucht. "Ik noem het liever een dwaze jeugdliefde."

"Vader wordt dus in het gelijk gesteld, blijkt nu."

Met moeite besloot Schaine geen ruzie te maken. Ze antwoordde rustig en naar zij hoopte redelijk: "Vader bedoelde het goed. Hij heeft Muffin een heleboel gegeven, tot aan een zorgvuldig bepaalde grens. Uiteraard was Muffins ergernis over die grens groter dan zijn waardering voor vaders edelmoedigheid. En waarom niet? Ga maar eens in zijn schoenen staan: voor de helft lid van de familie, voor de helft een Blauwe schooier die in de keuken at. Hij mocht naar de taart kijken en er zelfs van proeven, maar hij mocht er nooit een stuk van opeten."

Elvo Glissam waagde een kwinkslag. "En jij was de taart? — ik hoop van niet!"

Schaine fronste en wendde zich dan nadrukkelijk af. Ze vond het maar een ongepaste opmerking, vooral als je bedacht dat direct nadat Jorjol haar broer had gered, zij hem heel wat meer had toegestaan dan even proeven. Toen Uther Madduc de affaire aan de weet kwam, was hij uit zijn vel gebarsten en bij deze ontploffing was Jorjol de ene kant op gevlogen en Schaine tweeëndertig lichtjaar in de tegenovergestelde richting.

Kalm zei zij: "Dit is allemaal heel lang geleden gebeurd." Ze stond op. "Het gesprek wordt saai."

Hoofdstuk XII

Met zijn jongere broer Adare en drie neven vloog Gerd Jemasze in de Standaard naar de Palga tot waar de sarai tegen de voet van de Volwodes kabbelde. Het landjacht stond onaangeroerd waar het was achtergelaten. Gerd, Adare en een van de neven zeilden naar het oosten terwijl de twee overigen in de luchtwagen boven het jacht bleven vliegen.

Een forse dagreis bracht hen bij station nummer 2. Jemasze betaalde de huur van de boot en onderzocht de luchtwagen, die dankzij de fiap van Moffamides ongeschonden was gebleven. Er was een nieuwe priester, een magere jongeman met brandende ogen en een dunne, trillende mond, die aandachtig toekeek maar geen woord zei. Jemasze vroeg zich af of Moffamides hoog in het Alubanwoud was gaan zitten, maar hij zag ervan af het aan de jonge priester te vragen die hen van de overkant van het terrein woedend opnam.

Direct na Jemasze's terugkeer op Suaniset kwam er bericht van Morgenwake over een ongehoorde inval vanuit het Oudland. De overvallers telden meer dan vierhonderd elitekrijgers en hoorden tot de Hunge, Garganche, Aulk en Zeffir: op zichzelf was het al heel uitzonderlijk dat deze traditionele vijanden samenwerkten. Een paar verkenners van de Ao schermutselden met de voorste krijgers maar gingen de hoofdmacht uit de weg, die oprukte naar het Dormeer, waar de invallers drie kachemba's van de Ao ontdekten en schonden.

Kelse zond zonder aarzelen een oproep om hulp en de Orde van Uaia moest zijn eerste gevecht leveren voordat men zichzelf goed en wel als eenheid had gedefinieerd. Een heterogene en nogal slordige collectie vrachtvliegers, passagierslimousines, kleine luchtwagens, sportvliegers en inspectiezwevers, zestig voertuigen in totaal en elk met twee tot acht gewapende mannen aan boord, verzamelde zich op Morgenwake en vloog vandaar in formatie naar het Dormeer, waar men ontdekte dat de aanvallende Uldra's al op de terugtocht waren over de rotsvlakte ten westen van het meer. De luchtwagens van de domeinen vielen aan met geweren en energieprojectors en de Uldra's verspreidden zich naar alle kanten. Op hun rijdieren vormden ze heel lastige doelwitten en de strafvloot bracht hen maar een minimale schade toe.

Toen vielen er twintig luchthaaien uit de hogere atmosfeerlagen en in een oogwenk stortte een dozijn eenheden van de vloot vleugellam naar de grond. En voordat er een vergelding kon volgen, waren de haaien al in het westen verdwenen.

Slecht gestemd redden de landbaronnen de afgeschoten mannen en keerden terug naar hun domeinen. De strafexpeditie was niet afdoend geweest en ze waren verslagen door een listige tactiek.

Een aantal landbaronnen kwam bijeen op Morgenwake om de mistroostige gebeurtenissen van die dag te bespreken. Ze waren overmoedig op pad gegaan; ze waren in de val gelopen; ze hadden voor hun ijdelheid moeten boeten.

Dm. Ervan Collode, een corpulente en nogal opgeblazen man aan wie Schaine altijd al een hekel had gehad, was een van degenen die neergeschoten waren. Hij was eraf gekomen met een paar builen en de schrik, maar was nu woedend en dorstte naar wraak. "We zullen nooit rust krijgen als we de stammen van het Oudland niet finaal de rug breken. We moeten ze zo bang maken dat ze ons nooit meer durven aanvallen!"

Dm. Joris merkte wrang op: "Ik vrees dat wij de capaciteit missen om ze in hun schulp te jagen. Al duizenden jaren hakken ze elkaar in mootjes, en blijkbaar smaakt dat alleen naar meer."

"Ze gaan niet ver genoeg," verklaarde Dm. Collode. "Ze zetten nooit door! Als wij hun kuddes uitroeien en hun water vergiftigen, dan dwingen wij ze tot onderwerping!"

Dm. Joris betwijfelde het. "Ik geloof dat zo'n plan niet zou werken. Ze leven heel makkelijk van wat het land te bieden heeft en alle moeite zou voor niets zijn."

"De eerste stap die wij moeten doen, en een heel belangrijke, is de volgende," zei Jemasze. "De stammen van de Oudlanden staan in theorie onder voogdij van de Mull, en wij moeten eisen dat de Mull zijn gezag uitoefent."

Dm. Collode floot tussen zijn tanden. "Wat schieten we daarmee op? De Mull krioelt van de redemptionisten. Ben je hun manifest vergeten?"

Ook Kelse was niet akkoord met het voorstel. "We kunnen niet verklaren dat we onafhankelijk zijn en meteen daarop om hulp vragen."

"Dat stel ik ook niet voor. Ik bedoel een officiële nota, van het ene soevereine lichaam aan het andere, dat de Oudland-Uldra's niet alleen ons lastig vallen maar ook de stammen die onder onze bescherming staan; dat wij van plan zijn beslissend op te treden, wat de permanente annexatie van de Oudlanden zou kunnen inhouden, tenzij zij stappen nemen om hun beschermelingen in het gareel te houden. Als de Mull dan niets doet, en wij wel, kunnen ze nooit zeggen dat ze niet gewaarschuwd zijn. Als we ten slotte gedwongen worden de Garganche te onderwerpen, hebben we tenminste een wettelijke basis gelegd."

"Wat kan de Garganche dat schelen?" zei Dm. Collode zuur. "Voor een Uldra geldt alleen het recht van de sterkste."

Schaine kon een sardonisch lachje niet bedwingen. "Om te voorkomen dat we ons belachelijk maken, stel ik voor dat we niet hypocriet doen. Tweehonderd jaar lang hebben de landbaronnen het recht van de sterkste laten gelden, dus als de rollen nu eens omgekeerd worden moet er niet gemopperd worden."

"Het gaat er niet om of we hypocriet zijn of niet," zei Jemasze. "Als er een conflict is, verliest de zwakste partij; en als er verder niets meespeelt is het beter te winnen dan te verliezen."

"Hangt af van de mensen met wie je omgaat," zei Schaine met een vlugge blik op Dm. Collode.

Dm. Joris zei: "Gerd Jemasze heeft zonder meer gelijk. Om onze positie te onderbouwen, moeten we eerst bericht zenden aan de Mull."

Dm. Thanet van Balabar zei: "Laten we dit meteen doen. Een officieel lichaam zijn wij nog niet helemaal, maar voor dit doel kunnen wij toch wel optreden."

De groep begaf zich naar de studeerkamer. Kelse telefoneerde met het Holrudehuis in Olanje. Op het scherm verscheen het gezicht van een secretaris. Kelse zei: "Ik ben Dm. Kelse Madduc en ik vertegenwoordig het voorlopige uitvoerende comité van de Uaiaanse Orde. Ik heb een belangrijke boodschap voor de voorzitter van de Mull."

"De voorzitter, Dm. Madduc, is momenteel Dm. Erris Sammatzen, en hij is toevallig aanwezig."

Even later was de verbinding met Sammatzen voltooid. "Kelse Madduc? Wij hebben elkaar ontmoet in villa Mirasol."

"Precies. Maar ik bel u niet als privépersoon, maar voor een officieel bericht. Ik spreek namens het voorlopige uitvoerende comité van de Uaiaanse Orde en ik stel u op de hoogte van het feit dat een grote groep Uldra's uit de Oudlanden, die onder bescherming van de Mull staan, gister ons land is binnengevallen, domein Morgenwake in het bijzonder, en daar moorden heeft gepleegd en vernielingen heeft aangericht. Wij hebben ze teruggedreven naar het Oudland, en nu verlangen wij van u dat u verdere invallen voorkomt."

Erris Sammatzen dacht na. "Zulke invallen, als die werkelijk hebben plaatsgevonden, zijn een ernstige kwestie en kunnen zeker niet gedoogd worden."

"*Als* die hebben plaatsgevonden?" riep Kelse nijdig. "Natuurlijk hebben die plaatsgevonden! Ik heb het u toch net verteld!"

Sammatzen zei: "Alstublieft, Dm. Madduc, neem geen aanstoot aan mijn woorden. Als privépersoon geloof ik u natuurlijk. Als voorzitter van de Mull moet ik de zaak weloverwogener benaderen."

"Dit onderscheid ontgaat mij," zei Kelse. "De Orde van Uaia bericht u, via mij, dat deze overval heeft plaatsgevonden, en eist dat herhalingen voorkomen worden. Anders zullen wij onszelf moeten beschermen."

Sammatzen sprak gewichtig: "Bepaalde zaken moet ik duidelijker stellen. Ik herinner u eraan dat de Mull het orgaan van alle mensen op Koryphon is en moet handelen naar de belangen van alle mensen. De landbaronnen van de Alouan vormen een minderheid, zelfs op de zogenaamde domeinen; daarom kunnen zij noch op autonomie, noch op een volksvertegenwoordigende functie aanspraak maken. Bovendien wijs ik u op de recente verordening die de Mull heeft uitgevaardigd welke de zogenaamde domeinen van Koryphon herindeelt, betreffende hetwelk wij geen bevestiging van ontvangst hebben gekregen."

Omdat hij aanvoelde dat Kelse elk ogenblik een buitensporig

antwoord kon geven, stapte Dm. Joris naar voren. "De punten die u aanstipt worden besproken. Wij hopen dat ze op een redelijke manier opgelost mogen worden. Maar uw opmerkingen gaan niet in op het bericht dat u zojuist door Dm. Madduc is gegeven."

"Dat komt," zei Sammatzen, "doordat de Mull de beginselen waarvan u uitgaat niet erkent. Bovendien hebben wij inlichtingen ontvangen die uw beweringen tegenspreken. Daarom gelast ik u verdere vijandelijke daden tegen de stammen van het Oudland na te laten."

Kelse maakte een verstikt geluid van verbazing en misnoegen. "Suggereert u dat ik tegen u heb gelogen?"

"Ik verklaar alleen dat de Mull strijdige informatie heeft ontvangen."

Dm. Joris nam het weer over. "In dat geval stellen wij voor dat u naar Morgenwake komt en u ter plaatse op de hoogte stelt. Mocht u dan, zoals zeker zal gebeuren, ontdekken dat wij een getrouw verslag hebben gedaan, dan kunt u zich dienovereenkomstig met de Oudlandse stammen verstaan."

Sammatzen dacht een halve minuut na. Toen zei hij: "Ik zal doen wat u voorstelt, samen met andere leden van de Mull. Ondertussen verzoek ik u verdere aanvallen of vergeldingsmaatregelen achterwege te laten, en ik zal de andere betrokken partijen een soortgelijk verzoek doen."

Dm. Joris glimlachte zuinig. "Wij zullen de Mull met genoegen ontvangen en een wederzijds bevredigende regeling uitwerken; hoe eerder hoe beter, wat ons aangaat. Intussen, zonder dat wij erkennen dat u het gezag bezit om ons te bevelen of te adviseren, zijn wij niet van plan de stammen van het Oudland aan te vallen, tenzij om ons soevereine territorium te verdedigen."

Kelse vroeg: "Wanneer kunnen wij u op Morgenwake verwachten?"

"Overmorgen komt mij goed uit."

Hoofdstuk XIII

Op Gerd Jemasze na waren alle landbaronnen naar hun eigen domein teruggegaan. Over de Alouan was de nacht gevallen. Schaine ging op het gras voor het huis zitten kijken naar het landschap onder de sterren. De knopen in haar geest begonnen te ontwarren en haar conflicten losten zich op de eenvoudigst mogelijke wijze op.

Ze hield van Morgenwake. Dit was het elementaire feit; niets was er werkelijker dan dat. Met zijn geschiedenis en tradities ademde Morgenwake een eigen leven; Morgenwake was een entiteit die in leven wilde blijven. Als ze op Morgenwake wilde wonen, dan moest ze het beschermen. Als ze het gevoel had dat ze een vijandige zaak hoorde te steunen, dan moest ze weggaan en ergens anders gaan wonen en dat was natuurlijk ondenkbaar.

Ze dacht aan Elvo Glissam en glimlachte. Vandaag, nadat de landbaronnen waren vertrokken om de Uldra's te straffen, had Elvo er op aangedrongen dat zij tweeën naar Olanje gingen en daar trouwden, wat Schaine achteloos, bijna verstrooid geweigerd had. Elvo had dit zonder verrassing aanvaard en gezegd dat hij van plan was zo spoedig mogelijk terug te gaan naar Olanje. Ach ja, dacht Schaine, het leven ging door.

Ze liep het huis weer in. In de studeerkamer brandde nog licht; Gerd en Kelse waren nog aan het overleggen. Schaine ging naar haar slaapkamer aan de westelijke veranda.

Schaine werd wakker. Het was nog donker en alles was stil. Toch was ze door iets gewekt.

Er was zacht op haar deur geklopt.

Ze krabbelde doezelig overeind, strompelde naar de deur en deed hem op een kier. Op de veranda wachtte een lange gestalte die zwarter was dan de schaduwen. Ze herkende hem ogenblikkelijk en was meteen klaarwakker. Ze deed het licht in haar kamer aan. "Jorjol! Wat spook jij hier in vredesnaam uit?"

"Ik kom je opzoeken."

Schaine tuurde beduusd naar buiten. "Wie heeft je binnengelaten?"

"Niemand." Jorjol grinnikte zacht. "Ik ben via de aloude weg gekomen — tegen de hoekzuil op."

"Pure waanzin, Jorjol! Wat mag je wel van plan zijn?"

"Moet je dat nog vragen?" Jorjol boog zich voorover alsof hij binnen wilde komen, maar Schaine glipte langs hem heen de veranda op. De nacht was volmaakt stil. De arabellaklimop tegen de zuilen van het dak hing in slingers omlaag en de witte bloemen geurden zoet.

Jorjol kwam dichterbij; Schaine liep naar de balustrade en keek naar het donkere land. Alleen de Wilde Kwartelkoningvijver weerkaatste een paar vonken sterrenlicht. Jorjol legde zijn arm om haar middel en wilde haar zoenen. Schaine keerde zich af. "Hou op, Jorjol. Ik heb helemaal geen belangstelling. Ik heb geen flauw idee waarom je hier bent, en je kunt echt beter weggaan."

"Kom nu, niet zo preuts," fluisterde Jorjol. "Jij houdt van mij en ik van jou; dat is ons hele leven al zo en nu meer dan ooit!"

"Nee, Jorjol, echt niet. Ik ben niet meer wie ik vijf jaar geleden was, en jij ook niet."

"Juist! Ik ben nu een man, een gewichtig persoon! Vijf jaar lang brandde ik van verlangen naar jou en sinds ik je in Olanje zag heb ik aan niets anders meer gedacht."

Schaine lachte ongemakkelijk. "Wees toch verstandig, Jorjol! Ga weg en kom morgenochtend terug."

"Ha! Dat durf ik niet! Ik ben nu de vijand; ben je dat vergeten?"

"Nou, beter dan je leven en gedraag je netjes. Welterusten! Ik ga weer naar bed."

"Nee!" Jorjol klonk bijzonder ernstig. "Luister, Schaine! Ga met mij mee! Mijn lieve meisje Schaine! Jij bent niet een van die pompeuze tirannen die zich landbaronnen noemen! Jij bent een vrij persoon, dus kom nu met me mee en wees vrij! We zullen blij als vogels leven, met het beste van alles wat de wereld te bieden heeft! Hier hoor je niet thuis; dat weet je net zo goed als ik."

"Je hebt het helemaal mis, Jorjol! Dit is mijn thuis en ik hou er innig van!"

"Maar je houdt nog meer van mij! Zeg het dan, mijn liefste Schaine!"

"Ik hou niet van jou, niet in het minst. Nee, ik hou van een ander."

"Wie? Elvo Glissam?"

"Welnee!"

"Dan moet het Gerd Jemasze zijn! Zeg op, is hij het?"

"Is dat geen privézaak, Muffin?"

"Noem me geen Muffin!" Zijn stem werd hoog en nog intenser. "En het is niet privé want ik wil je zelf hebben. Je hebt het niet ontkend! Dus je nieuwe minnaar is Gerd Jemasze!"

"Hij is mijn minnaar niet, Jorjol, niet nieuw en niet oud. En laat me alsjeblieft los." Want in zijn opwinding had Jorjol haar beide armen vastgegrepen.

Hij fluisterde hees: "Alsjeblieft, liefste Schaine, zeg dat het niet waar is! Dat je van mij houdt!"

"Het spijt me, Jorjol, het is nu eenmaal zo, en ik hou niet van jou. En nu, welterusten. Ik ga naar m'n bed."

Jorjol stiet een lelijk lachje uit. "Dacht je dat ik zo makkelijk in een nederlaag berust? Je kent me toch beter! Ik kom je halen en je gaat mee. Je leert gauw genoeg van me houden. Ik waarschuw je, verzet je niet!"

Schaine deinsde weg, vol afschuw, terwijl Jorjols vingers haar als stalen tangen vasthielden. Ze haalde diep adem om te schreeuwen. Met één langgevingerde hand kneep hij haar keel dicht; met zijn andere vuist stompte hij haar in haar zij, onderaan de ribbenkast, op een gemene manier die verschrikkelijke pijn deed. Schaine's knieën begaven het ... De lampen van de veranda gingen aan; ze voelde een verward geschuifel, zag flitsend vage beweging, hoorde gekreun van schrik en ontzetting.

Schaine wankelde naar de muur. Jorjol lag verfrommeld tegen de balustrade. In een schede op zijn been zat een mes; in zijn sjerp glom de ivoren kolf van een pistool. Zijn handen bewogen, schokten naar het pistool. Gerd Jemasze stapte naar hem toe, sloeg Jorjols arm weg en het pistool kletterde over de vloer. Schaine bukte zich vlug en raapte het op terwijl ze zich tegelijk opgelaten voelde van verlegenheid. Wat had Gerd allemaal gehoord?

De drie stonden roerloos bij elkaar, Jorjol bleek en verpletterd door emotie; Jemasze duister en in zichzelf gekeerd; Schaine gespannen en vervuld van niet onplezierige opwinding. Jorjol keek haar aan en in het wilde, starende gezicht zag ze nog heel even het gezicht van Muffin als jongen.

"Schaine, liefste Schaine — ga je mee?"

"Nee, Jorjol, natuurlijk niet! Absurd om te denken dat zoiets zou kunnen. Ik ben geen Uldra, ik zou me ellendig voelen op het Oudland."

Jorjol uitte een schrijnende, bonzende schreeuw, een kreet van het hart. "Je bent net als alle andere outkers."

"Ik hoop van niet. Ik ben gewoon mezelf."

Jorjol richtte zich stijf op. "Ik smeek je, bij het leven van je broer dat ik hem gaf! Dit is een bloedschuld en die valt niet te loochenen!"

Gerd maakte een raar geluid, een verstikt gestamel van woorden die niet verder dan zijn keel kwamen. Eindelijk zei hij: "Zal ik de waarheid vertellen?"

Jorjol knipperde met zijn ogen en hield zijn hoofd scheef. "Wat voor waarheid?"

"Nu kun je maar beter excuus vragen aan vrouwe Schaine en haar verzekeren dat er geen schuld bestaat, en dan verdwijnen."

Jorjol zei met een stenen gezicht: "De schuld bestaat, en ik eis dat zij mij geeft wat mij toekomt."

"Die schuld bestaat niet en heeft nooit bestaan. Toen de erjin Kelse aanviel, klom jij op een rotsblok en keek terwijl het wezen Kelse verscheurde. Toen je zag dat Schaine aan kwam rennen, schoot je het beest zorgvuldig dood van bovenop de steen, sprong toen naar beneden en deed net of je had meegevochten, en je smeerde zelfs het bloed van Kelse op je lichaam. Je hebt niet geprobeerd Kelse te redden. Je liet toe dat hij verminkt werd."

"Je liegt!" fluisterde Jorjol. "Je was er niet bij."

Jemasze's stem was koud als het noodlot. "Kurgech was er. Hij heeft alles gezien."

Jorjol gaf opeens een schreeuw van wanhoop — een vreemd aangenaam altgeluid. Hij rende naar de hoek van de veranda, zwaaide zich over de balustrade en was verdwenen.

Schaine keek Gerd aan en vroeg met afgrijzen: "Is dat echt waar?"

"Ja."

"Het kan niet waar zijn," mompelde Schaine. Ze keek terug door de jaren. "Het is te erg." Het leek even natuurlijk als de wind en de beweging van de sterren door de hemel om tegen Gerds borst uit te huilen met zijn armen om haar heen.

Met trage pas kwam Kelse de veranda op. "Het is waar," zei hij. "Ik heb gehoord wat je zei. Ik vermoed het al vijf jaar. Zijn hele leven heeft hij ons gehaat. Op een dag maak ik hem dood."

HOOFDSTUK XIV

Op Morgenwake arriveerde in een zwart met zilveren Ellux salon-
wagen een delegatie van de Mull: Erris Sammatzen met zes medeleden.
Ze werden begroet door het Leidende Comité van de Uaiaanse Orde:
negen landbaronnen die uitgekozen en gemachtigd waren door middel
van een haastig telefonisch referendum waaraan alle domeinen in de
Verdragslanden hadden meegedaan.

Dm. Joris legde een nogal droge en vormelijke welkomstverklaring
af om van begin af aan een officiële toon aan de bijeenkomst te geven.
Daarom ook droegen de landbaronnen stemmige kleren en hun heral-
dieke muts. De leden van de Mull waren daarentegen bijna ostentatief
vlot gekleed. "De Orde van Uaia heet u welkom op Morgenwake," zei
Dm. Joris. "Wij hopen oprecht dat deze conferentie de misverstanden
tussen onze twee staten uit de weg zal ruimen. Wij hopen dat u de dis-
cussies constructief en realistisch tegemoet zult treden en wij van onze
kant zijn vastbesloten de vriendschappelijke en innige banden met
Szintarre te behouden."

Sammatzen lachte. "Dm. Joris, ik dank u voor uw welkomstwoorden.
Zoals u heel goed weet kan ik uw andere opmerkingen niet aanvaarden
of zelfs serieus nemen. Wij zijn gekomen om ons op de hoogte te stellen van de plaatselijke situatie zodat wij het gebied in het belang van
de meerderheid van de bewoners kunnen besturen, en hopelijk tot de
uiteindelijke tevredenheid, of in ieder geval aanvaarding, van iedereen."

"Onze geschillen kunnen al dan niet onoverbrugbaar zijn," zei Dm.
Joris onbewogen. "Dm. Madduc heeft voor verfrissingen gezorgd, en
daarna, als u ermee instemt, kunnen we onze gesprekken voortzetten
in de grote zaal."

Een halfuur lang bedreven de twee groepen een behoedzame uitwisseling van koetjes en kalfjes op het gras aan de westkant van het
huis, waarna ze zich naar de grote zaal begaven. De stemmige kledij
van het comité paste precies bij het nobele karakter van de zaal, bij de
grandeur van de proporties, het rijk generfde oude hout. Kelse plaatste
de Mull aan de ene kant van de tafel en het comité aan de andere.

Erris Sammatzen wierp zich zonder omhaal op tot leider. "Ik wil het
niet doen voorkomen alsof wij hier om een andere reden dan de ware
zijn. De Mull is het enige bestuurslichaam op Koryphon. Wij verte-
genwoordigen de bevolking van Szintarre rechtstreeks; wij verschaffen
een forum voor de bewoners van Uaia. Over de Uldra's oefenen wij een
welwillend protectoraat uit. De domeinen van de landbaronnen vallen
onder ons bestuur, volgens zowel officiële als officieuze protocollen;
ook zij hebben het recht van petitie en protest.

"Zoals u weet hebben wij ons verplicht gevoeld een edict uit te
vaardigen en u bent met de inhoud bekend." Hij sprak nu langzaam
en veelbetekenend. "Wij kunnen en willen niet tolereren dat een paar
honderd koppige mannen en vrouwen die aristocratische voorrechten willen behouden waar ze geen recht op hebben, zich weerspannig
gedragen. Een natuurlijker en rechtvaardiger systeem had er al lang
moeten zijn, en ik herinner u eraan dat de absolute macht van de
landbaronnen over uitgestrekte gebieden verworven is met geweld en
dwang, en nu ten einde is. Het eigendom is teruggegeven aan de stammen die volgens de traditie en volgens de wet recht op het land hebben.
Wij willen niemand in het ongeluk storten, en wij zullen hulp verlenen
bij een ordelijke overdracht van het gezag."

Dm. Joris antwoordde, nog steeds zonder vuur: "Wij wijzen uw
edict van de hand. Het is natuurlijk ingegeven door altruïsme en strekt
u in dit opzicht tot eer, maar het gaat uit van een aantal doctrinaire
veronderstellingen. Ik maak u erop opmerkzaam dat het kiezen van
zelfbeschikking het onvervreemdbaar recht is van iedere gemeenschap,
hoe klein ook, vooropgesteld dat hij het handvest van het Gaiaanse
Bereik nakomt. Wij houden ons aan deze beginselen en wij beroepen
ons op dit recht. Nu wil ik vooruitlopen op uw bewering dat de rechten
van de domeinstammen aangetast worden. Integendeel. De factoren
die bijdragen aan wat zij als een optimaal leven beschouwen, zijn

nooit zo gunstig geweest als nu. Onze dammen en andere installaties die overstromingen voorkomen, garanderen hen een onafgebroken waterleverantie voor henzelf en hun kudden. Als ze geld nodig hebben om geïmporteerde artikelen te kopen, kunnen ze tijdelijk of permanent werk krijgen wanneer ze willen. Hun bewegingsvrijheid is onbeperkt, behalve in de paar hectaren die direct aan de landhuizen grenzen, zodat er in wezen door beide groepen gebruik van het land wordt gemaakt, tot beider tevredenheid en voordeel. Wij buiten niemand uit; wij oefenen alleen in beschermende zin gezag uit. Wij geven medische hulp; af en toe treden wij op als politie, maar niet vaak, aangezien de stammen gewoonlijk zelf recht spreken. Wij zijn van mening dat de leden van de Mull opgejaagd zijn tot drieste besluiten door de fanatieke en welsprekende groep van ijveraars die bekend staat als de redemptionisten, die met abstracties werkt en niet met feiten.

"Ik vraag u: wat bereikt uw edict? Niets. Wat zouden de Uldra's erdoor krijgen dat ze nu niet hebben? Niets. Zij zouden verlies lijden, en wij zouden verlies lijden. Uw edicten zouden ons alleen schade brengen — als we ze aanvaardden, wat we niet doen."

Dm. Joris kreeg antwoord van Adelys Lam, een magere, nerveuze vrouw met een knokig gezicht en onrustige ogen. Ze sprak met dringende stem en benadrukte haar woorden met priemende steken van haar wijsvinger.

"Ik zal spreken over de wet en zijn inherente aard. Dm. Joris, u heeft de woorden 'doctrinair' en 'abstracties' gebruikt in ongunstige zin, en ik moet opmerken dat alle wettenstelsels, alle ethische beginselen en iedere zedenleer gebaseerd zijn op doctrines en abstracte principes waaraan we specifieke gevallen toetsen. Als wij een pragmatische houding aannemen, zijn wij verloren en is de beschaving verloren; dan wordt het zedelijke een kwestie van opportunisme of bruut geweld. De edicten van de Mull berusten dan ook niet zozeer op de behoeften van het ogenblik, als wel op fundamentele stellingen. Eén hiervan is dat de aanspraak op veroverd, gestolen of geroofd goed nimmer rechtsgeldig wordt, of het tijdsverloop nu twee minuten of tweehonderd jaar is. Hoelang na het gebeuren zelf ook, er moet een schadeloosstelling komen. Verder spreekt u met minachting over de redemptionisten; maar ik ben verheugd dat de redemptionisten zo idealistisch zijn en voldoende gemotiveerd dat zij deze soms trage Mull tot handelen hebben aangespoord."

Gerd Jemasze reageerde met koude stem: "Uw ideeën zouden zwaarder wegen als u geen hypocrieten was en geen onbeperkt vermogen bezat om —"

" 'Hypocrieten'?" stoof Adelys Lam op. "Dm. Jemasze, ik sta verstomd dat u dit woord durft te gebruiken!"

Sammatzen zei verwijtend: "Ik had gehoopt dat ons gesprek zonder vloeken, schelden of dreigementen zou kunnen verlopen. Het spijt me dat Dm. Jemasze zich niet heeft gematigd."

"Laat hem ons maar uitschelden," riep Adelys Lam boos. "Ons geweten is rein, en dat is meer dan hij van zichzelf kan zeggen."

Jemasze hoorde het onverstoorbaar aan. "Mijn opmerking was niet bedoeld als schimpscheut," zei hij. "Ik heb het over aantoonbare feiten. U vaardigt wetten uit tegen onze zogenaamde misdaden, maar ondertussen tolereert u in Szintarre en in de Oudlanden een misdrijf dat overal in het Gaiaanse Bereik verboden is: slavernij. Ik vermoed zelfs dat verscheidenen van u slavenhouders zijn."

Sammatzen kneep zijn lippen op elkaar. "U doelt natuurlijk op de erjins. De feiten in deze zaak zijn nog niet glashelder."

"De erjins zijn geen verstandelijke wezens," verklaarde Adelys Lam, "niet volgens de wet en niet anderszins. Het zijn slimme dieren, meer niet."

"Wij kunnen het tegendeel bewijzen, en wel zo grondig dat alle twisten zullen verstommen," zei Gerd. "Voordat u ons berispt wegens abstracte overtredingen, zou u een eind moeten maken aan uw eigen, werkelijk bestaande misdaden."

Sammatzen zei onbehaaglijk: "Een sterk punt; daar kunnen wij niet omheen. Maar ik betwijfel of u zo'n doorslaggevend bewijs kunt leveren."

Adelys Lam protesteerde. "Worden we nu niet afgeleid van ons doel?"

"Wij zijn nergens aan gebonden," zei Sammatzen. "Ik ben bereid eerst deze andere zaak op te helderen."

Een ander lid van de Mull, de verstokte Thaddios Tarr, zei: "Wij kunnen deze mogelijkheid niet afwijzen en toch onze geloofwaardigheid als een onpartijdig bestuurlijk lichaam bewaren."

Gerd stond op. "Ik geloof dat we u zullen verrassen." Sammatzen vroeg behoedzaam: "Hoe?"

"Uther Madduc noemde het zijn 'prachtige grap'. Maar ik geloof niet dat u erom zult kunnen lachen."

Schaine, die aan de zijkant van de grote zaal zat te luisteren, vroeg aan Elvo: "Ik begrijp niet wat er te lachen valt. Snap jij die grap?"

Elvo schudde zijn hoofd. "Het ontgaat mij totaal."

De leden van de Mull stapten aan boord van de zwart met zilveren Ellux. Gerd Jemasze nam de besturing op zich. Eenmaal in de lucht werd de boot opgenomen in een konvooi van tien goed bewapende luchtwagens. Jemasze zette koers naar het noordwesten over het mooiste deel van Morgenwake: een land van magnifieke vergezichten en verre perspectieven.

De rotswand die het begin van de Palga aangaf, doemde op; de Volwodes rezen omhoog en het land werd troosteloos. Over de bodem van een breed dal stroomde een glinsterende rivier: de Mellorus. Jemasze veranderde van koers en daalde naar de vallei. Hij vloog op honderd meter boven de rivier.

De wanden van het dal werden steil en hoog en dekten een deel van de hemel af; na een ogenblik of wat vlogen ze over bebouwde velden en bevloeide boomgaarden die Jemasze herkende. Hij remde af tot de boot langzaam vooruit zweefde. Toen keerde hij zich om naar de leden van de Mull. "Wat ik u ga laten zien is door maar heel weinig mensen bekeken. En de meesten daarvan waren Windrenners — we zijn hier dicht bij het station waar erjins gefokt, getraind en verzameld worden voor de export. Er zit wel een duidelijk element van gevaar in deze demonstratie, maar als ik klaar ben zult u met me eens zijn dat het terecht was om u hier te brengen. In ieder geval heeft het konvooi voldoende wapens om ons te beschermen en bovendien moet de romp van deze Ellux taai genoeg zijn om de kogels uit de lange geweren van de Palga tegen te houden."

"Ik hoop," zei Julias Metheyr, "dat u van plan bent ons iets meer te laten zien dan erjins die in formatie marcheren en een broek leren aantrekken."

Adelys Lam zei snibbig: "Ik persoonlijk voel er niets voor gedood of zelfs gewond te worden om u te bevredigen."

Gerd Jemasze gaf geen antwoord. Hij zette de Ellux voor de tempel van rozenkwarts en goud neer. Hij liet de deuren opengaan en het liftplatform zakken en de Mull steeg uit op de roze marmeren vloer.

"Wat is dit?" vroeg Julias Metheyr vol ontzag.

"Het schijnt een tempel of historisch monument te zijn dat lang voor de eerste mensen op Koryphon arriveerden is gebouwd. De details vormen een kroniek van een beschaving van erjins."

"Een beschaving van erjins?" echode Adelys Lam.

"Kijkt u zelf maar. De erjins zijn afgebeeld in dingen die op ruimteschepen lijken. U zult ze tegen morfoten zien vechten, die ook wapens en andere instrumenten van een technische samenleving gebruiken; dus hebben ook de morfoten eens een beschaving gekend. Ten slotte beelden de erjins een oorlog tegen mensen uit."

Erris Sammatzen liep naar het altaar van zeven lagen toe om het nader te bestuderen; de anderen volgden hem onder een verwonderd gemompel. Een voor een landden de luchtwagens van het escorte in de vallei en ook de bemanningen kwamen het altaar bekijken.

Sammatzen zocht Jemasze op. "En is dit de 'prachtige grap' van Uther Madduc?"

"Dat veronderstel ik."

"Maar wat is er dan grappig aan?"

"Het magnifieke talent van de mensen om zichzelf voor de gek te houden."

"Dat is geen humor maar het belachelijk maken van iets verhevens," zei Sammatzen kortaf. "In ieder geval is de grap een poets."

"Nee, dat geloof ik niet," zei Jemasze.

Sammatzen ging er niet op in. "Het trainingskamp van de Windrenners is hier in de buurt?"

"Ongeveer een kilometer verderop in het dal."

"Is er een reden waarom we daar nu niet naartoe zouden gaan om een eind te maken aan de handel in slaven?"

Jemasze haalde zijn schouders op. "Ik zou niet volledig voor uw veiligheid kunnen instaan. Maar ik denk dat we wel zwaar genoeg bewapend zijn om onszelf te beschermen als de nood aan de man komt."

"Wat weet u over deze situatie?"

"Niet meer dan u. Ik heb het een week geleden voor het eerst gezien."

Sammatzen wreef over zijn kin. "Ik bedenk me dat de stammen van de Oudlanden niet blij zullen zijn als ze hun rijdieren kwijtraken. Wat denkt u daarvan?"

Jemasze grijnsde. "Ze kunnen criptiden kopen van de domeinen."

Sammatzen ging overleggen met de andere leden van de Mull; na een discussie van tien minuten kwam de voorzitter weer bij Jemasze terug. "Wij willen het trainingskamp bezichtigen als dit zonder gevaar kan gebeuren."

"We zullen ons best doen."

Het erf en de lange gebouwen waren niet veranderd en leken nog stiller dan een week geleden. Bij een van de muren hurkten twee Windrenners op de grond. Toen ze de dalende luchtwagens zagen, kwamen ze langzaam overeind en bleven onzeker staan terwijl ze zich afvroegen of ze schielijk moesten verdwijnen of niet.

Jemasze zette de Ellux recht voor het grootste gebouw aan de grond. Hij deed de deur open, liet het platform zakken en stapte uit, gevolgd door Sammatzen en, behoedzamer, door de andere Mull-leden.

Jemasze wenkte de twee Windrenners. Schoorvoetend kwamen ze nader. Jemasze vroeg: "Waar is de directeur van deze instelling?"

De Windrenners keken beduusd. "De directeur?"

"Het individu dat de leiding heeft."

De Windrenners mompelden wat en toen vroeg de ene: "Doelt u soms op de Oude Erjin? Zo ja, dan staat hij daar."

Uit het stenen gebouw, als een vis die uit donker water oprijst, kwam een buitengewoon grote erjin. Het was een kaal wezen, zonder kraag of gezichtspluimen, en zijn huid had een vreemde witte kleur als een slangenbuik. Nog nooit had Jemasze zo'n grote of imponerende erjin gezien. Het wezen keek even opzij; een van de Windrenners verstijfde alsof hij een elektrische schok had gekregen en ging toen naast de erjin staan om als tolk te dienen en telepathische boodschappen in woorden om te zetten. De erjin vroeg: "Wat moeten jullie hier?"

Sammatzen zei: "Wij zijn de Mull, het hoogste bestuursorgaan van Koryphon."

"Van Szintarre," zei Jemasze.

Sammatzen ging verder. "Het is een onwettige daad om intelligente wezens tot slavernij te brengen, zowel in Szintarre als overal elders in het Gaiaanse Bereik. Wij constateren dat erjins tot slaven gemaakt worden en dienstdoen als rijdieren voor de Uldra's en als bedienden en arbeiders in Szintarre."

"Het zijn geen slaven," zei de Oude Erjin via de Windrenner.

"Volgens onze definitie zijn het slaven en wij zijn hier om een eind te maken aan deze praktijk. Er mogen geen erjins meer verkocht worden aan de Uldra's of de Gaianen van Szintarre, en degenen die als slaven werken zullen worden vrijgelaten."

"Het zijn geen slaven," verklaarde de Oude Erjin.

"Nee? Wat dan wel?"

De Oude Erjin liet deze mededeling overbrengen: "Ik wist dat jullie kwamen. Jullie en je vloot van luchtschepen zijn geobserveerd toen jullie het dal van het monument binnenkwamen; jullie werden verwacht."

Droog merkte Sammatzen op: "Er lijkt hier inderdaad niet veel te gebeuren."

"Elders gebeurt er des te meer. Wij verkochten geen slaven; wij stuurden krijgers uit. Het teken is al gegeven. Deze wereld is van ons en nu hernemen wij de macht."

De mensen stonden met open mond te luisteren.

De Oude Erjin sprak met de stem van de Windrenner: "Het sein is gegeven. Op dit moment vernietigen erjins de Uldra's die zich hun meester waanden. Die erjins die u als bedienden zag, beheersen nu de stad Olanje en heel Szintarre."

Sammatzen staarde naar Joris en Jemasze. Zijn gezicht was verwrongen van ongeloof en angst. "Vertelt dit wezen de waarheid?"

"Ik weet het niet," zei Jemasze. "Roep Olanje op per radio en vraag het."

Sammatzen rende met loden voeten naar de wagen. Jemasze nam de Oude Erjin peinzend op en vroeg toen: "Heeft u geweld tegen ons in de zin, hier en nu?"

"Niet tenzij jullie daarmee beginnen, aangezien jullie duidelijk het machtsoverwicht bezitten. Dus ga zoals jullie gekomen zijn."

Jemasze en Joris gingen terug naar de Ellux waarbinnen Sammatzen zich net van de radio afwendde. Zweetdruppels parelden op zijn doodsbleke voorhoofd. "De erjins in Olanje zijn op hol geslagen; de stad is een gekkenhuis!"

Jemasze ging achter het stuur zitten. "We vertrekken, en snel, voordat de Oude Erjin van gedachten verandert."

"Kunnen wij hem niet overhalen zijn krijgers terug te roepen?" riep Adelys Lam. "Ze zijn aan het moorden, verwoesten, brandstichten! Eén en al bloedvergieten! Laat me naar buiten! Ik zal de Oude Erjin smeken om vrede te sluiten!"

Jemasze duwde haar terug. "Niets daarvan. Er valt niets te bereiken met smeken. Als het een verstandig wezen was, zou hij jullie helemaal niet hebben aangevallen. Laten we hier weggaan voor wij ook vermoord worden."

HOOFDSTUK XV

DE OPSTAND VAN DE ERJINS behaalde zijn grootste successen in Olanje, waar minder dan duizend erjins de hele stad onder de duim hielden. De inwoners onderwierpen zich hysterisch aan slachtpartijen of vluchtten halsoverkop. Sommigen verstopten zich in de bossen; sommigen ontkwamen naar hun villa's in de Cornalijnbergen; een paar vluchtten naar hun jacht of het jacht van vrienden; anderen vlogen naar de Persimmoneilanden of Uaia. De mensen boden zo weinig verzet dat het verwaarloosbaar was en later, toen geschiedkundigen en sociologen de episode bestudeerden, en de vraag "Waarom verdedigde u zich niet?" werd gesteld, waren dit meestal de antwoorden: "We waren niet georganiseerd, we hadden geen leiders, we wisten niet wat we moesten doen." "Ik ben niet gewend wapens te gebruiken; ik ben altijd een vreedzaam man geweest en het is nooit bij me opgekomen dat ik me op een keer zou moeten verdedigen."

De landbaronnen van de Uaiaanse domeinen stelden een expeditie-macht van drieduizend man samen met daaronder ook contingenten Uldra's van de Verdragsstammen. Gedurende twee weken van behoed-zaam aftasten, van fusillades uit de lucht en razzia's met geïmproviseerde pantserwagens, werden de erjins uit de eens zo fraaie stad gejaagd en in haveloze bendes op de vlucht gestuurd over het omringende land. Nog twee weken achtervolgden en vernietigden de luchtwagens en mobiele patrouilles de vluchtende horden*. Toen keerde de expeditiemacht

---

* Tijdens de latere fasen van deze periode riepen de directeuren van het GEE, nadat ze uit hun schuilplaatsen waren teruggekeerd in Olanje, schande van 'deze orgie van nodeloze en zinloze slachtingen'. Zij adviseerden waar mogelijk de erjins te vangen in plaats van ze te doden, opdat de gevangenen ☞

zonder formaliteiten terug naar Uaia en de bewoners van Szintarre zetten zich droevig aan hun reconstructietaak.

De Uldra's van de Oudlanden hadden net als de outkers van Szintarre zwaar te lijden gehad van de rebellie. Direct nadat ze het telepathische bericht hadden ontvangen, sloegen de voormalige rijdieren geen acht meer op de knijpteugels en elektrozwepen, verhieven zich op hun voorpoten om hun berijders af te werpen en trokken dezen vervolgens aan stukken. De erjins in hokken maakten de hekken kapot of klommen erover, sneden de elektriciteit af en vielen de stamleden aan. Nadat ze zich van de schok hersteld hadden, vochten de Uldra's terug met een wraakzucht welke die van de erjins evenaarde en ze wisten zich met goed gevolg te verdedigen. Primitieve en afgelegen wonende stammen zoals de Cuttacks en Neuspraters leden het ergst, terwijl onder de Garganche, de Blauwe Ruiters, de Hunge en de Noal betrekkelijk weinig slachtoffers vielen.

Twee weken later riep de Grijze Prins op tot een grootse karoo van de Garganche, de Hunge, de Langlippen en verschillende andere stammen. In hartstochtelijke bewoordingen bestempelde hij de opstand van de erjins als een complot van de outkers op de Verdragslanden en hij stiet het ijselijke gehuil van haat uit waarmee een krijger van de Uldra's zweert dat hij wraak zal nemen op zijn vijanden. In een roes van woede en xheng* echoden de stamleden zijn gehuil en de volgende dag marcheerde er een horde Uldra's naar het oosten met het vaste voornemen om de Alouan van outkers te zuiveren.

Kurgech bracht Kelse het nieuws van de op handen zijnde invasie en Kelse verwittigde direct de Oorlogsraad van de Uaiaanse Orde. Voor de tweede keer werd de luchtvloot gemobiliseerd en nu naar de Mangaankliffen gezonden. Dit was een rotswand van glanzende zwarte leisteen die uitkeek over de Vlakte van de Wandelende Botten en hier

---

opgevoed en gerehabiliteerd konden worden en aangemoedigd om een nieuwe, vreedzame gemeenschap in een niet nader aangeduid gebied van Uaia te stichten. In het emotionele klimaat van de opruiming werd er aan dit verlangen van het GEE weinig aandacht geschonken.

* Xheng: onvertaalbaar. Een duistere en bijzondere emotie die het bondigst weergegeven zou kunnen worden met *gruwlust*: een algemeen verlangen om martelingen en ellendige pijnen toe te brengen, een vurige toewijding aan het volvoeren van sadistische uitwassen.

voerde een groep van honderd Ao's behoedzaam een vertragende actie
uit tegen de krijgers van het Oudland in hun xheng-roes. Toen de vloot
naderde doken de luchthaaien uit de wolken, maar ditmaal was er op ze
gerekend en ze werden door met radar gestuurde kanonnen vernietigd.
De Uldra's van de Oudlanden, hoe fanatiek ze ook waren, verspreidden
zich en trokken zich terug over de Vlakte van de Wandelende Botten
en zochten dekking in een woud van zwarte jinko's op de hellingen van
de Gildredbergen.

Kelse was aanwezig in het vrachtvoertuig van Morgenwake, dat
veranderd was in een kanonneerboot en een bemanning van twaalf
koppen telde — zeven van zijn neven en vier Aose boerderijknechten.
In de eerste paar minuten ontplofte een kogel van de Garganche tegen
een schot waardoor de schouder van Ernshalt Madduc brak. De schijn
van een slag was al voorbij; Kelse nam contact op met de commandant
van de vloot en kreeg toestemming om met de gewonde terug te gaan
naar Morgenwake.

Terwijl hij naar het noorden vloog werd zijn aandacht getrokken
door een rookpluim op de horizon. Meteen werd hij ongerust. Hij
seinde naar Morgenwake, maar kreeg geen antwoord en zijn bange
voorgevoelens werden aangewakkerd. Hij gaf plankgas en weldra kwam
de boot in het zicht van het huis.

Uit een droog graanveld naast de Wilde Kwartelkoningvijver steeg
rook op; ook het houten schooltje waar Aose kinderen die dát wilden
onderwijs kregen, stond in brand. Het huis zelf leek onbeschadigd, maar
in zijn verrekijker zag Kelse een hemelsblauwe Hermes Wolkenvlug op
het gras aan de voorkant staan.

Kelse landde. Elf mannen sprongen uit de boot en renden met
hun wapens gereed het huis in. In de grote zaal troffen ze vijf adellijke
Uldra's die de fijnste wijnen dronken die de kelders van Morgenwake te
bieden hadden. Jorjol zat op de stoel van de landbaron met zijn voeten
op tafel. De plotselinge verschijning van Kelse verraste hem. Hij hijgde
van schrik. Kelse draafde door de kamer en smakte hem op de vloer.
De vier andere Uldra's begonnen te vloeken en sprongen overeind,
maar verstijfden toen ze de getrokken wapens zagen.

"Waar is Schaine?" vroeg Kelse.

Jorjol krabbelde overeind en probeerde zich een waardige houding te geven. Hij wees met zijn duim naar de studeerkamer. Zijn stem was onvast door de wijn. "Ze vond het nodig om zich op te sluiten. Ze was wel naar buiten gekomen als we de tent in de fik hadden gestoken." Hij waggelde een stap naar voren. "Wat haat ik jou," zei hij zacht. "Als haat steen was, kon ik een toren naar de wolken bouwen. Ik heb je altijd gehaat. Het genot dat ik voelde toen de erjin je verscheurde was als regen op de hete woestijn en gaf me evenveel plezier als de aandacht die ik aan je zuster besteedde. Mijn leven is niet goed geweest, op die twee ogenblikken na, en nu komt er een derde, want ik ga je doden. Al doe ik verder niets meer, ik zal het leven uit je verdorven outkerlichaam vrijlaten."

In zijn hand verscheen een lang mes dat aan een veer uit zijn mouw schoot. Hij viel aan; Kelse ging met een ruk opzij en pakte Jorjols pols beet met zijn rechterhand; met zijn stalen linkerhand greep hij Jorjol bij de keel; met zijn stalen arm tilde hij hem hoog in de lucht, wankelde naar de deur en smeet hem in de tuin. Toen liep hij naar hem toe. Jorjol stond op; Kelse pakte hem weer beet en schudde hem heen en weer als een vod. Jorjols ogen puilden uit; zijn tong lubberde uit zijn mond. Kelse's oren werden bestookt door een gekrijs: de stem van Schaine. "Kelse, Kelse, alsjeblieft niet! Niet doen, Kelse! Wij zijn landbaronnen; hij is een Uldra!"

Kelse liet los. Jorjol gleed naar adem snakkend op de grond.

Jorjol en zijn handlangers werden opgesloten in een stal en door twee Ao's bewaakt. 's Nachts groeven ze een tunnel onder de achtermuur, wurgden de bewakers en ontkwamen.

Hoofdstuk XVI

Op de wereld Koryphon heerste vrede. Een norse, roerige vrede van ongesuste haatgevoelens en onplezierige nieuwe kennis. In Olanje was de door de erjins aangerichte schade hersteld; de stad leek even vrolijk en onbezorgd als altijd. Valtrina Darabesq gaf kort achter elkaar drie feesten in villa Mirasol om te bewijzen dat de rebellie van de erjins haar niet had afgeschrikt. Aan de overkant van de Persimmonzee zaten de stammen van het Oudland stuurs in hun kampen hun grieven te koesteren en moorden, overvallen en martelingen voor de toekomst te bedenken, maar zonder het ware vuur. Op de Palga keken de Windrenners naar de lege slavenkotten en vroegen zich af hoe ze wielen, lagers en beslag voor hun zeilwagens moesten kopen. Ondertussen, onder de pieken van de Volwodes in het dal van de Mellorus, waren groepen opgewonden geleerden al bezig het altaar van rozenkwarts en goud te onderzoeken. De Oude Erjin en zijn trawanten waren verdwenen naar nog afgelegener streken. Maar Jorjol de Grijze Prins was niet apathisch geworden door zijn tegenspoed. De heftigheid van zijn emoties kende geen limiet; in plaats van te tanen met de tijd waren ze geraffineerd en gecondenseerd en prangender geworden.

Een maand nadat de erjins uit Olanje verdreven waren, kwam de Mull officieel bijeen in het Holrudehuis. Toen Kelse de uitzending van het gebeuren aanzette, hoorde hij een bekende stem en zag de schitterende gestalte van Jorjol de Grijze Prins op het podium bestemd voor indieners van petities, eisers en getuigen. Kelse riep Schaine en Jemasze erbij: "Moet je luisteren."

"...deze opinie wijs ik van de hand als defaitistisch, vaag en gewetenloos," oreerde Jorjol. "Zekere omstandigheden zijn gewijzigd, toegegeven — maar niet de ter discussie staande omstandigheden, in gene mate! fluctueren ethische principes van de ene dag op de andere? Verandert goed in slecht? Wordt een wijs besluit opeens nietig gebeuzel als er een aantal dingen is gebeurd die er geen verband mee houden? In geen geval!

"In zijn wijsheid heeft de Mull een edict uitgevaardigd dat een eind maakt aan de macht van de landbaronnen over de onwettig toegeeigende domeinen. De landbaronnen hebben de wettige bevelen van de Mull getart. Ik spreek met de stem van de publieke opinie als ik eis dat het edict van de Mull ten uitvoer wordt gelegd. Wat is hierop uw antwoord?"

Sammatzen, de voorzitter, zei: "Op het eerste gezicht zijn uw opmerkingen redelijk. De Mull heeft inderdaad een edict uitgevaardigd dat door de landbaronnen is genegeerd en de tussenliggende gebeurtenissen doen hier niets aan af."

"In dat geval," verklaarde Jorjol, "moet de Mull naleving afdwingen!"

"Daar," zei Sammatzen, "ligt de moeilijkheid, en dit bewijst hoe weinig zinvol het is ingrijpende bevelen te geven die wij geen kracht kunnen bijzetten."

"Laten wij de zaak als redelijke mannen bekijken," zei Jorjol. "Het edict is rechtvaardig; daarover zijn we het eens. Uitstekend! Als u dit edict niet ten uitvoer kunt brengen, dan is er kennelijk een uitvoeringsorgaan nodig. Anders heeft u op deze wereld geen andere rol dan een adviserende."

Sammatzen haalde weifelend de schouders op. "Wat u zegt kan waar zijn; ik geloof echter dat wij niet gereed zijn om zulke grote wijzigingen in gang te zetten."

"Zo'n moeilijk proces is dat niet," zei Jorjol. "Ik bied mij vrijwillig aan om deze dwingende macht op poten te zetten! Ik zal ijverig werken om de Mull te versterken! Geef mij gezag; geef mij fondsen. Ik zal bekwame mensen aanwerven; ik zal krachtige wapens aanschaffen; ik zal zorg dragen dat de wet van de Mull niet langer genegeerd wordt."

Sammatzen fronste. "Dit is duidelijk een gewichtige beslissing, en op het eerste gezicht lijkt hij overdreven."

"Misschien omdat u verzoend bent met een zwakke en tandeloze Mull."

"Nee, niet noodzakelijk. Maar —" De voorzitter aarzelde.

"Bent u van plan of bent u niet van plan uw edicten op te leggen aan alle bewoners van Koryphon, hoog en laag, zonder vrees of bevoorrechting?" vroeg Jorjol.

Sammatzen zei vlot: "Wij zijn zeker van plan recht en rechtvaardigheid te doen gelden. Maar voordat wij besluiten hoe wij deze ongrijpbare idealen willen bereiken, moeten wij beslissen wat voor soort orgaan wij zijn, hoe ver het mandaat gaat dat de mensen ons verleend hebben, en of wij onze verantwoordelijkheden werkelijk wel willen uitbreiden."

"Akkoord, in alle opzichten!" verklaarde Jorjol. "De Mull moet de werkelijkheid bij de hoorns vatten en voor eens en voor al vaststellen welke rol hij spelen moet."

"Dat zal vanavond niet meer lukken," zei Sammatzen droog, "en het is tijd om de zitting te verdagen."

Kelse, Schaine en Gerd keken toe terwijl de leden van de Mull langzaam uit de zaal verdwenen. Schaine zei met een half geamuseerde, half gruwende stem: "Bovenop al zijn andere talenten blijkt Muffin ook nog een volksmenner te zijn."

"Muffin is gevaarlijk," zei Kelse somber.

"Ik geloof," zei Gerd, "dat ik morgen bij de zitting van de Mull wil zijn."

"Ik ook," zei Kelse. "Het wordt tijd dat we de Mull amuseren met vaders prachtgrap."

"Ik ga ook," zei Schaine. "Waarom zou ik de pret mislopen?"

De Mull kwam bijeen in een afgeladen zaal vol mensen die gewichtige of in ieder geval opwindende gebeurtenissen roken. Erris Sammatzen nam de gebruikelijke inleidende ceremonie op zich en verklaarde toen dat het spul kon beginnen.

Jorjol de Grijze Prins trad ogenblikkelijk naar voren. Hij boog voor de Mull. "Geëerde aanwezigen! Om mijn voorstellen van gister opnieuw te berde te brengen, vestig ik de aandacht van de Mull op het feit dat in weerwil van het edict van de Mull, de landbaronnen van Uaia de macht handhaven over land dat met geweld van mijn volk is afgenomen. Ik verzoek dat de Mull het edict ten uitvoer legt — zo nodig met dwang."

"Dit edict bestaat," zei Sammatzen, "en tot op heden is er niet aan gehoorzaamd, en —" Hij hield op met spreken toen hij Gerd Jemasze en Kelse Madduc zag staan. Ze waren naar de balustrade gelopen die de Mull van het publiek scheidde. "Voor mij zie ik twee landbaronnen van Uaia," zei Sammatzen. "Misschien brengen zij ons een bericht met betrekking tot het edict."

"Dat klopt," zei Gerd. "Jullie edict is absurd, en je kunt het maar beter intrekken."

Sammatzen fronste en de andere Mull-leden staarden misnoegd op het tweetal neer. Jorjol stond stijf en waakzaam met zijn kin in de lucht te kijken.

Sammatzen zei keurig: "Wij zijn een nuchtere, eerlijke groep; wij proberen ons best te doen, maar wij zijn niet onfeilbaar en maken soms fouten. Maar 'absurd'? Ik geloof dat u een ontoepasselijk woord heeft gekozen."

Gerd antwoordde niet minder rustig. "In het licht van recente gebeurtenissen lijkt het woord mij niet overdreven."

Sammatzen's stem werd zwaar. "Doelt u op de erjin-rebellie? Ah, maar daar hebben wij een les van geleerd, en de Grijze Prins, die u voor u ziet staan, heeft een methode geopperd om ons te beveiligen."

"Wilt u werkelijk een huurleger van barbaren in dienst nemen? Is dat uw bedoeling? Herinnert u zich honderdduizend historische parallellen?"

Sammatzen aarzelde. "Er is nog lang geen definitieve beslissing genomen," zei hij toen. "Maar wij hebben bevel gegeven dat de land-baronnen hun aanspraken op de Verdragslanden moeten opgeven. En argumenten dat het tijdsverloop de aanspraken wettigt, zullen niet in overweging worden genomen."

Jemasze grijnsde tegen de Mull. "Dit is dus uw weloverwogen stand-punt?"

"Dat is juist."

"Dan, volgens precies dezelfde redenering, moeten de Uldrastammen het land dat zij beheersen afstaan aan de stammen van wie zij het heb-ben afgenomen. Deze stammen op hun beurt moeten het land afstaan aan de stammen die er eerder aanspraak op maakten. Uiteindelijk — en dit is het idee dat Uther Madduc zo amusant vond — moet iedereen alles afstaan aan de oorspronkelijke bewoners, de erjins, van wie de mensen het land destijds hebben geroofd. Ja, nog onlangs hebben wij hun uiterst redelijke en volkomen wettige poging om hun verloren gebiedsdelen terug te winnen, ruw de kop ingedrukt."

De Mull staarde Jemasze verbijsterd aan. Sammatzen zei aarzelend: "Dit is een facet van de zaak dat wij niet hebben overwogen. Ik moet erkennen dat het een uitdaging is."

Jorjol schreed naar voren. "Uitstekend, doe wat hij voorstelt! De Uldra's stemmen ermee in! Geef heel Uaia terug aan de erjins; laat zij het in bezit nemen! Wij zullen zoals vroeger over de wilde landen zwerven; maar verwoest alleen de groteske huizen van de landbaronnen! Vernietig hun hekken en dammen en kanalen! Roei ieder etterend overblijfsel van de outkerse aanwezigheid uit! Uitstekend, draag al het land over aan de erjins!"

"Niet zo haastig," zei Kelse. "Er komt nog meer. Het tweede deel van de grap van mijn vader." Hij richtte zich tot Sammatzen. "U herinnert zich het altaar, of het monument van de erjins — wat het doel ervan ook mag zijn?"

"Natuurlijk."

"Dit was de 'recente gebeurtenis' waar Dm. Jemasze daarnet op doelde — niet de opstand van de erjins zoals u veronderstelde. Misschien heeft u opgemerkt dat de erjins worden afgebeeld in wat kennelijk ruimteschepen voorstellen? U weet dat er nooit fossiele sporen van proto-erjins zijn gevonden? De conclusie is onweerlegbaar. De erjins zijn indringers. Ze zijn uit de ruimte gekomen; ze hebben de beschaving van de morfoten overwonnen. De morfoten zijn de ware inheemsen; daarover spreken de fossielen duidelijke taal. Dus heeft de keten van veroveringen nog een schakel. De erjins hebben niet meer recht op het land dan de Uldra's."

"Ja," gaf Sammatzen toe. "Heel waarschijnlijk."

Jorjol gilde van het lachen. "Nu ken je Uaia toe aan de morfoten! Vergeet dan niet ze Szintarre ook te geven, en de villa's van Olanje, en de luxehotels en alle bezittingen die jullie denken te hebben!"

Kelse knikte sardonisch. "Dat is het derde deel van de grap van mijn vader. Jullie van de Mull en alle redemptionisten hadden er helemaal geen moeite mee om ons land weg te geven, vanuit jullie zedelijke beginselen; laat nu maar zien hoe integer jullie zijn en geef je eigen spullen weg."

Sammatzen grijnsde droevig. "Vandaag nog? Op dit ogenblik?"

"Wanneer u maar wilt, of helemaal niet, zolang u uw edict tegen ons maar intrekt."

Uit alle hoeken van de zaal werd geroepen: in protest, honend, toejuichingen. Sammatzen herstelde eindelijk de orde. Een poos lang confereerde de Mull met zachte stemmen maar blijkbaar zonder tot een unanieme beslissing te komen. Sammatzen richtte zich weer tot Gerd en Kelse. "Ik heb het gevoel dat u ons op de een of andere manier in de war heeft gebracht, maar ik kan met geen mogelijkheid bepalen wat er dan aan schort."

Adelys Lam riep bitter uit: "Voor mij is het heel duidelijk dat de landbaronnen niet alleen hun geloof in het geweld belijden, maar dat geloof van ze ook nog verdraaien tot een travestie van een zedenleer."

"Helemaal niet," zei Gerd. "De travestie bestaat alleen doordat jullie je altijd verlaten hebben op abstracties, waardoor de realiteit onbegrijpelijk is geworden. Het gaat hier lang niet alleen om plaatselijke toestanden: dit speelt overal in het Gaiaanse Bereik. Afgezien van een paar uitzonderingsgevallen is het eigendom van ieder stukje land verkregen met geweld, min of meer lang geleden, en het eigendom geldt alleen in zoverre de kracht en de wil om het te handhaven bestaan. Dat is de les van de geschiedenis, of jullie dat leuk vinden of niet."

"Het jammeren van verslagen volkeren, al is het zielig en tragisch, is meestal futiel," zei Kelse.

Sammatzen schudde ontsteld zijn hoofd. "Dat vind ik een weerzinwekkende doctrine. Het genot van mensenrechten hoort op een edeler basis dan bruut geweld te rusten."

Jorjol lachte weer kakelend. "Jullie met je schapenkoppen van de Mull. Waarom vaardigen jullie geen edict uit waar dat in staat?"

Kelse zei: "Als de Melkweg door een enkele wet geregeerd wordt, krijgen deze idealen misschien substantie. Tot dan moet iedere man, iedere stam, iedere natie of wereld, en zelfs het hele Gaiaanse Bereik, bereid zijn te verdedigen wat hij bezit."

Sammatzen maakte een hopeloos gebaar. "Ik stel voor dat wij het edict dat de domeinen van Uaia opheft, intrekken. Wie stemt tegen?"

"Ik," verklaarde Adelys Lam. "Ik ben nog steeds redemptionist; ik zal nooit iets anders zijn."

"Wie stemt voor?...Ik tel elf stemmen, waaronder de mijne. Het edict is ingetrokken en voor vandaag is de zitting geëindigd."

Jorjol schreed met wapperende mantel om zijn lange benen de zaal uit. Kelse, Gerd en Schaine volgden. Op de straat gekomen bleef Jorjol staan. Eerst keek hij naar links, toen naar rechts. Links leidde de weg naar de Persimmonzee, naar Uaia en de Oudlanden; rechts, maar honderd meter verder aan de Kharanotislaan, bood de ruimtehaven vervoer naar andere planeten.

"Wat haat hij ons!" peinsde Schaine. "En dan te bedenken! Wij voedden die haat met onze eigen daden. Wij waren zo trots en ijdel dat we weigerden een Uldraas weeskind in onze grote zaal te laten. Wat een tragedie werd dat voor ons allemaal! Ik vraag me af: hebben we onze les geleerd?"

Na een ogenblik zei Kelse: "Dit is de taal van Olanje en niet de werkelijkheid van Uaia. Het bevat schitterende vonken van waarheid maar niet alle waarheid."

Jemasze zei: "Er bestaan evenveel werkelijkheden als mensen. In Suaniset mag iedereen aan onze tafel eten, wat voor kleren hij ook draagt."

Kelse grinnikte wrang. "In Morgenwake ook. Uther Madduc koesterde zijn privé-realiteit misschien te koppig."

"Daar gaat Jorjol," zei Gerd, "vastbesloten een bezoeking te worden voor een andere wereld." Want Jorjol had de weg naar rechts gekozen, naar de haven.

Het drietal liep rustig over de Kharanotislaan naar hotel het Zeegezicht. Een hoog hek van gaas scheidde de weg van het moeras en een gat in de planten toonde het moeras tot aan het trage water van de Viridiaanrivier. Een morfoot die op een boomstam zat, maakte een onbegrijpelijk gebaar en glipte weg in het kreupelhout.

Jack Vance werd in 1916 geboren in een welgesteld Californisch gezin dat tegen het einde van zijn kindertijd moeilijke tijden doormaakte. Als jonge man probeerde hij een aantal onbevredigende baantjes uit alvorens aan de Universiteit van Californië in Berkeley mijnbouw-kunde, natuurkunde, journalistiek en Engels te gaan studeren. Hij ging van school toen de oorlog uitbrak en werd matroos op de koopvaardij. Later werkte hij als rolbrugmachinist, landmeter, keramist en timmer-man, voordat hij zich door het produceren van een gestage stroom aan SF, mysterieromans en korte verhalen als voltijds schrijver vestigde.

Hij was meer dan zestig jaar actief als schrijver, en voor zijn werk ontving hij onder andere drie *Hugo Awards*, een *Nebula Award*, een *World Fantasy Award* œuvreprijs, en een *Edgar* van de *Mystery Writers of America*. De *Science Fiction & Fantasy Writers of America* kroonden hem tot Grootmeester, en hij werd opgenomen in de roemruchte *Science Fiction Hall of Fame*.

In zijn werk overschreed Jack Vance vaak de grenzen van het genre: van weemoedige fantastiek (de zeer invloedrijke *Stervende Aarde* verhalen) tot interstellaire space opera (de vijfdelige *Duivelsprinsen* reeks), van heldhaftige fantasy (de *Lyonesse* trilogie) tot de mysterieuze moorden die een sheriff in landelijk Californië moet oplossen (de *Joe Bain* boeken).

Toen hij reeds op leeftijd was, vormde zich een internationale groep van Vance-fans die zich tot doel stelde om het complete œuvre van Vance in de oorspronkelijke staat te herstellen, daarbij tientallen jaren van redactionele ingrepen en ongewenste wijzigingen ongedaan makend. Dit resulteerde in de toonaangevende Engelse *Vance Integral Edition* die als 44 hardcover delen in een beperkte oplage verscheen.

In 2013, kort nadat hij zijn eerste jazz-album had opgenomen, overleed Jack Vance op 96-jarige leeftijd in het huis dat hij eigenhandig had gebouwd in de beboste heuvels buiten Oakland. In het jaar van zijn honderdste geboortedag begint Spatterlight met het uitgeven van een nieuwe Nederlandse editie. In 62 paperbacks verschijnen zowel alle Vance verhalen die al eerder zijn uitgegeven, alsook alle titels die nog niet eerder in het Nederlands verkrijgbaar waren.

Colofon

Dit boek is gezet uit 11,5 pt Adobe Arno Pro.

Deze uitgave kwam tot stand met de hulp van Wil Ceron
en Evert Jan de Groot.

Omslagontwerp: Howard Kistler

Typografisch ontwerp: Joel Anderson

Zetwerk: Joel Anderson

Management: John Vance, Koen Vyverman